寸草丹心万里程

季羡林 | 著

海峡出版发行集团 THE STRAITS PUBLISHING & DISTRIBUTING GROUP | 鹭江出版社 LUJIANG PUBLISHING HOUSE

2016年·厦门

图书在版编目（CIP）数据

寸草丹心万里程 / 季羡林著．—厦门：鹭江出版社，2016.1（2016.6 重印）

ISBN 978-7-5459-1063-6

Ⅰ. ①寸…　Ⅱ. ①季…　Ⅲ. ①游记—作品集—中国—当代　Ⅳ. ① I267.4

中国版本图书馆 CIP 数据核字（2015）第 296335 号

CUNCAO DANXIN WANLICHENG

寸草丹心万里程

季羡林 著

出版发行：海峡出版发行集团
　　　　　鹭 江 出 版 社

地　　址：厦门市湖明路 22 号　　邮政编码：361004

印　　刷：北京市松源印刷有限公司

地　　址：北京市通州区漷县镇大柳树村北　　邮政编码：101109

开　　本：880mm × 1230mm　1/32

插　　页：4

印　　张：7.75

字　　数：141 千字

版　　次：2016 年 1 月第 1 版　2016 年 6 月第 3 次印刷

书　　号：ISBN 978-7-5459-1063-6

定　　价：38.00 元

如有发现印装质量问题请寄承印厂调换

目录

第一辑 寄意山水野情惬

第二辑 畅览楼台涌文思

第一辑

寄意
山水
野情惬

黄　昏

黄昏是神秘的，只要人们能多活下去一天，在这一天的末尾，他们便有个黄昏。但是，年滚着年，月滚着月，他们活下去有数不清的天，也就有数不清的黄昏。我要问：有几个人感觉到这黄昏的存在呢？

早晨，当残梦从枕边飞去的时候，他们醒转来，开始去走一天的路。他们走着，走着，走到正午，路陡然转了下去。仿佛只一溜，就溜到一天的末尾，当他们看到远处弥漫着白茫茫的烟，树梢上淡淡涂上了一层金黄色，一群群的暮鸦驮着日色飞回来的时候，仿佛有什么东西轻轻地压在他们心头。他们知道：夜来了。他们渴望着静息，渴望着梦的来临。不久，薄冥的夜色糊了他们的眼，也糊了他们的心。他们在低隘的小屋里忙乱着，把黄昏关在门外。倘若有人问，你看到黄昏了没有？黄昏真美啊，他们却茫然了。

他们怎能不茫然呢？当他们再从屋里探出头来寻找黄昏的

时候，黄昏早随了白茫茫的烟的消失，树梢上金黄色的消失，鸦背上日色的消失而消失了。只剩下朦胧的夜。这黄昏，像一个春宵的轻梦，不知在什么时候漫了来，在他们心上一掠，又不知在什么时候走了。

黄昏走了。走到哪里去了呢？——不，我先问：黄昏从哪里来的呢？这我说不清。又有谁说得清呢？我不能够抓住一把黄昏，问它到底。从东方吗？东方是太阳出的地方。从西方吗？西方不正亮着红霞吗？从南方吗？南方只充满了光和热。看来只有说从北方来的适宜了。倘若我们想了开去，想到北方的极北端，是北冰洋和北极，我们可以在想象里描画出：白茫茫的天地、白茫茫的雪原和白茫茫的冰山。再往北，在白茫茫的天边上，分不清哪是天，是地，是冰，是雪，只是朦胧的一片灰白。朦胧灰白的黄昏不正应当从这里蜕化出来吗？

然而，蜕化出来了，却又扩散开去。漫过了大平原，大草原，留下了一层阴影；漫过了大森林，留下了一片阴郁的黑暗；漫过了小溪，把深灰的暮色溶入琤琮的水声里，水面在阒静里透着微明；漫过了山顶，留给它们星的光和月的光；漫过了小村，留下了苍茫的暮烟……给每个墙角扯下了一片，给每个蜘蛛网网住了一把。以后，又漫过了寂寞的沙漠，来到我们的国土里。我能想象，倘若我迎着黄昏站在沙漠里，我一定能看着黄昏从辽远的天边上跑了来，像——像什么呢？是不是应当像一阵灰蒙的白雾？或者像一片扩散的云影？跑了来，仍然只是留下一片阴影，又跑了去，来到我们的国土里，随了弥漫在远处的白茫茫的烟，随了树梢上的淡淡的金黄色，也随了暮鸦背上的日色，轻轻地落在人们的心头，又被人们关在门外了。

但是，在门外，它却不管人们关心不关心，寂寞地，冷落地，替他们安排好了一个幻变的又充满了诗意的童话般的世界，朦胧，微明，正像反射在镜子里的影子，它给一切东西涂上银灰的梦的色彩。牛乳色的空气仿佛真牛乳似的凝结起来，但似乎又在软软地黏黏地浓浓地流动。它带来了阒静，你听：一切静静的，像下着大雪的中夜。但是死寂吗？却并不，再比现在沉默一点，也会变成坟墓般的死寂。仿佛一点也不多，一点也不少，幽美的轻适的阒静软软地黏黏地浓浓地压在人们的心头。灰的天空像一张薄幕；树木，房屋，烟纹，云缕，都像一张张的剪影，静静地贴在这幕上。这里，那里，点缀着晚霞的紫曛和小星的冷光。黄昏真像一首诗，一支歌，一篇童话；像一片月明楼上传来的悠扬的笛声，一声缭绕在长空里亮唳的鹤鸣；像陈了几十年的绍酒；像一切美到说不出来的东西。说不出来，只能去看；看之不足，只能意会；意会之不足，只能赞叹。——然而却终于给人们关在门外了。

给人们关在门外，是我这样说吗？我要小心，因为所谓人们，不是一切人们，也绝不会是一切人们的。我在童年的时候，就常常待在天井里等候黄昏的来临。我这样说，并不是想表明我比别人强。意思很简单，就是：别人不去，也或者是不愿意去这样做，我（自然也还有别人）适逢其会地常常这样做而已。常常在夏天里，我坐在很矮的小凳上，看墙角里渐渐暗了起来，四周的白墙上也布上了一层淡淡的黑影。在幽暗里，夜来香的花香一阵阵地沁入我的心里。天空里飞着蝙蝠。檐角上的蜘蛛网，映着灰白的天空，在朦胧里，还可以数出网上的线条和粘在上面的蚊子和苍蝇的尸体。在不经意的时候，蓦地再一抬头，暗灰的天空里已经嵌上闪着眼的小星了。在冬天，天井里满铺着白雪。我蜷伏在屋里。当我看到白的窗纸渐渐灰了起来，炉子里在白天里看不出颜色来的火焰渐渐红起来，亮起来的时候，我也会知道：这是黄昏了。我从风门的缝里望出去：灰白的天空，灰白的盖着雪的屋顶。半弯惨淡的凉月映在天上，虽然有点凄凉，但仍然掩不了黄昏的美丽。这时，连常常坐在天井里等着它来临的人也不得不蜷伏在屋里，只剩了灰蒙的雪色伴了它在冷清的门外，这幻变的朦胧的世界造给谁看呢？黄昏不觉得寂寞吗？

但是寂寞也延长不了多久。黄昏仍然要走的。李商隐的诗说：“夕阳无限好，只是近黄昏。”诗人不正慨叹黄昏的不能久留吗？它也真的不能久留，一瞬眼，这黄昏，像一个轻梦，只在人们心上一掠，留下黑暗的夜，带着它的寂寞走了。

走了，真的走了。现在再让我问：黄昏走到哪里去了呢？这我不比知道它从哪里来的更清楚。我也不能抓住黄昏的尾巴，问它到底。但是，推想起来，从北方来的应该到南方去的吧。谁说不是到南方去的呢？我看到它怎样走的了。漫过了南墙；漫过了南边那座小山，那片树林；漫过了美丽的南国，一直到辽阔的非洲。非洲有耸峭的峻岭，岭上有深邃的永古苍暗的大森林。再想下去，森林里有老虎——老虎？黄昏来了，在白天里只呈露着淡绿的暗光的眼睛该亮起来了吧。像不像两盏灯呢？森林里还该有莽苍葳蕤的野草，比人高。草里有狮子，有大蚊子，有大蜘蛛，也该有蝙蝠，比平常的蝙蝠大。夕阳的余晖从树叶的稀薄处，透过了架在树枝上的蜘蛛网，漏了进来，一条条灿烂的金光，照耀得全林子里都发着棕红色，合了草底下毒蛇吐出来的毒气，幻成五色绚烂的彩雾。也该有萤火虫吧，现在一闪一闪地亮起来了。也该有花，但似乎不应该是夜来香或晚香玉。是什么呢？是一切毒艳的恶之花。在毒气里，不正应该产生恶之花吗？这花的香慢慢溶入棕红色的空气里，溶入绚烂的彩雾里。搅乱成一团，滚成一团暖烘烘的热气。然而，不久这热气就给微明的夜色消溶了，只剩一闪一闪的萤火虫，现在渐渐地更亮了。老虎的眼睛更像两盏灯了，在静默里瞅着暗灰的天空里才露面的星星。

然而，在这里，黄昏仍然要走的。再走到哪里去呢？这却真的没人知道了。——随了淡白的稀疏的冷月的清光爬上暗沉沉的天空里去吗？随了眨着眼的小星爬上了天河吗？压在蝙蝠的翅膀上钻进了屋檐吗？随了西天的晕红消散在远山的后面吗？这又有谁能明白地知道呢？我们知道的，只是：它走了，带了它的寂寞和美丽走了，像一丝微飔，像一个春宵的轻梦。

是了。——现在，现在我再有什么可问呢？等候明天吗？明天来了，又明天，又明天，当人们看到远处弥漫着白茫茫的烟，树梢上淡淡涂上了一层金黄色，一群群的暮鸦驮着日色飞回来的时候，又仿佛有什么东西压在他们的心头，他们又渴望着梦的来临。把门关上了。关在门外的仍然是黄昏，当他们再伸头出来找的时候，黄昏早已走了。从北冰洋跑了来，一过路，到非洲森林里去了。再到，再到哪里，谁知道呢？然而，夜来了，漫长的漆黑的夜，闪着星光和月光的夜，浮动着暗香的夜……只是夜，长长的夜，夜永远也不完，黄昏呢？——黄昏永远不存在在人们的心里的。只一掠，走了，像一个春宵的轻梦。

1934 年 1 月 4 日

听　雨

从一大早就下起雨来。下雨，本来不是什么稀罕事儿，但这是春雨。俗话说："春雨贵如油。"而且又在罕见的大旱之中，其珍贵就可想而知了。

"润物细无声"，春雨本来是声音极小极小的，小到了"无"的程度。但是，我现在坐在隔成了一间小房子的阳台上，顶上有块大铁皮，楼上滴下来的檐溜就打在这铁皮上，打出声音来，于是就不"细无声"了。按常理说，我坐在那里，同一种死文字拼命，本来应该需要极静极静的环境，极静极静的心情，才能安下心来，进入角色，来解读这天书般的玩意儿。这种雨敲铁皮的声音应该是极为讨厌的，是必欲去之而后快的。

然而，事实却正相反。我静静地坐在那里，听到头顶上的雨滴声，此时有声胜无声，我心里感到无量的喜悦，仿佛饮了仙露，吸了醍醐，大有飘飘欲仙之概了。这声音时慢时急，时高时低，时响时沉，时断时续，有时如金声玉振，有时如黄钟大吕，有时如大珠小珠落玉盘，有时如红珊白瑚沉海里，有时如弹素琴，有时如舞霹雳，有时如百鸟争鸣，有时如兔起鹘落。我浮想联翩，不能自已，心花怒放，风生笔底。死文字仿佛活了起来，我也仿佛又溢满了青春活力。我平生很少有这样的精神境界，更难为外人道也。

在中国，听雨本来是雅人的事。我虽然自认还不是完全的俗人，但能否就算是雅人，却还很难说。我大概是介乎雅俗之间的一种动物吧。中国古代诗词中，关于听雨的作品是颇有一些的。顺便说上一句：外国诗词中似乎少见。我的朋友章用回忆表弟的诗中有："频梦春池添秀句，每闻夜雨忆联床"，是颇有一点诗意的。连《红楼梦》中的林妹妹都喜欢李义山的"留得枯荷听雨声"之句。最有名的一首听雨的词当然是南宋蒋捷的《虞美人》，词不长，我索性抄它一下：

少年听雨歌楼上，红烛昏罗帐。壮年听雨客舟中，江阔云低断雁叫西风。　　而今听雨僧庐下，鬓已星星也。悲欢离合总无情，一任阶前点滴到天明。

蒋捷听雨时的心情，是颇为复杂的。他是用听雨这一件事来概括自己的一生的，从少年、壮年一直到老年，达到了"悲欢离合总无情"的境界。但是，古今对"老"的概念，有相当大的悬殊。他是“鬓已星星也”，有一些白发，看来最老也不过五十岁左右。用今天的眼光看，他不过是介乎中老之间，用我自己比起来，我已经到了望九之年，鬓边早已不是“星星也”，顶上已是“童山濯濯”了。要讲达到“悲欢离合总无情”的境界，我比他有资格。我已经能够“纵浪大化中，不喜亦不惧”了。

可我为什么今天听雨竟也兴高采烈呢？这里面并没有多少雅味，我在这里完全是一个“俗人”。我想到的主要是麦子，是那辽阔原野上的青青的麦苗。我生在乡下，虽然六岁就离开，谈不上干什么农活，但是我拾过麦子，捡过豆子，割过青草，劈过高粱叶。我血管里流的是农民的血，一直到今天垂暮之年，毕生对农民和农村怀着深厚的感情。农民的最高希望是多打粮食。天一旱，就威胁着庄稼的成长。即使我长期住在城里，下雨一少，我就望云霓，自谓焦急之情，绝不下于农民。北方春天，十年九旱。今年似乎又旱得邪行。我天天听天气预报，时时观察天上的云气。忧心如焚，徒唤奈何。在梦中看到的也是细雨蒙蒙。

今天早晨，我的梦竟实现了。我坐在这长宽不过几尺的阳台上，听到头顶上的雨声，不禁神驰千里，心旷神怡。在大大小小、高高低低，有的方正、有的歪斜的麦田里，每一个叶片都仿佛张开了小嘴，尽情地吮吸着甜甜的雨滴，有如天降甘露，本来有点黄萎的，现在变青了。本来是青的，现在更青了。宇宙间凭空添了一片温馨，一片祥和。

我的心又收了回来，收回到了燕园，收回到了我楼旁的小山上，收回到了门前的荷塘内。我最爱的二月兰正在开着花。它们拼命从泥土中挣扎出来，顶住了干旱，无可奈何地开出了红色的、白色的小花，颜色如故，而鲜亮无踪，看了给人以孤苦伶仃的感觉。在荷塘中，冬眠刚醒的荷花，正准备力量向水面冲击。水当然是不缺的，但是，细雨滴在水面上，画成了一个个的小圆圈，方逝方生，方生方逝。这本来是人类中的诗人所欣赏的东西，小荷花看了也高兴起来，劲头更大了，肯定会很快地钻出水面。

我的心又收近了一层，收到了这个阳台上，收到了自己的腔子里，头顶上叮当如故，我的心情怡悦有加。但我时时担心，它会突然停下来。我潜心默祷，祝愿雨声长久响下去，响下去，永远也不停。

1995 年 4 月 13 日

听 雨

我大概对雨声情有独钟，我曾写过一篇《听雨》，现在又写《听雨》。

从凌晨起，外面就下起小雨来。我本来有几张桌子，供我写作之用；我却偏偏选了阳台上铁皮封顶下的一张。雨滴和檐溜敲在上面，叮当作响。小保姆劝我到屋里面另一张临窗的大桌旁去写作，说是那里安静。焉知我觉得在阳台上，在雨声中更安静。王籍诗："鸟鸣山更幽。"有人以为奇怪：鸟不鸣不是比鸣更为幽静吗？山中这样的经验我没有，雨中这样的经验我却是有的。我觉得"雨响室更幽"，眼前就是这样。

我伏在桌旁，奋笔疾书，上面铁皮上雨点和檐溜敲打得叮叮当当，宛如白居易《琵琶行》的琵琶声，"大珠小珠落玉盘"，其声清越，缓急有节，敲打不停，似有间歇。其声不像贝多芬的音乐，不像肖邦的音乐，不像莫扎特的音乐，不像任何大音乐家的音乐；然而谛听起来，却真又像贝多芬，像肖邦，像莫扎特。我听而乐之，心旷神怡，心灵中特别幽静，文思如泉水涌起，深深地享受着写作的情趣。

悠然抬头，看到窗外，浓绿一片，雨丝像玉帘一般，在这一片浓绿中画上了线。新荷初露田田叶，垂柳摇曳丝丝烟，几疑置身非人间。

我当然会想到小山上下我那些鲜草间花的植物朋友们，它们当然绝不会轻易放过这样的天赐良机；尽量张大了嘴，吮吸这些从天上滴下来的甘露，为来日抵抗炎阳做好准备。

我头顶上滴声未息，而阳台上幽静有加，我仿佛离开了嘈杂的尘寰，与天地万物合为一体。

1997 年 6 月 3 日

喜雨

我是农民的儿子。在过去，农民是靠天吃饭的，雨是绝对不能缺少的。因此，我从略识之无的时候起，就同雨结下了剪不断理还乱的深厚的感情。

今年，北京缺雨，华北也普遍缺雨，我心急如焚。我窗外自己种的那一棵玉兰花开的时候，甚至于到大觉寺去欣赏那几棵声名传遍京华的二三百年的老玉兰树开花的时候，我的心情都有点矛盾。我实在喜欢眼前的繁花。大觉寺我来过几次，但是玉兰花开得像今天这样，还从来没有见过。借用张锲同志一句话："一看到这开成一团的玉兰花，眼前立刻亮了起来。"好一个"亮"字，亏他说得出来。但是，我忽然想到，春天里的一些花最怕雨打。我爱花，又盼雨，二者是鱼与熊掌的关系，不可得而兼也。我究竟何从呢？我之进退，实为狼狈。经过艰苦的"思想斗争"，我毅然决然下了结论：我宁肯要雨。

在多日没有下过滴雨之后，我今天早晨刚在上面搭上铁板的阳台上坐定，头顶上铁板忽然清脆地响了一声：是雨滴的声音。我的精神一瞬间立即抖擞起来，“漫卷诗书喜欲狂”，立即推开手边的稿纸，静坐谛听起来。铁板上，从一滴雨声起，清脆的响声渐渐多了起来，后来混成一团，连“大珠小珠落玉盘”也无法描绘了。此时我心旷神怡，浮想联翩。

我抬头看窗外，首先看到的就是那一棵玉兰花树，此时繁花久落，绿叶满枝。我仿佛听到在雨滴敲击下左右翻动的叶子正在那里悄声互相交谈：“伙计们！尽量张开嘴巴吸吮这贵如油的春雨吧！”我甚至看到这些绿叶在雨中跳起了华尔兹舞，舞姿优美整齐，我头顶上铁板的敲击声仿佛为它们的舞步伴奏。可惜我是一个舞盲，否则我也会破窗而出，同这些可爱的玉兰树叶共同翩跹起舞。

眼光再往前挪动一下，就看到了那一片荷塘。此时冬天的坚冰虽然久已融化，垂柳鹅黄，碧水满塘，但是“小荷才露尖尖角”的时候还没有到；然而，我仿佛有了“天眼通”，看到水面下淤泥中嫩莲已经长出了小芽。这些小芽眼前还浸在水中。但是，它们也感觉到了上面水面上正在落着雨滴，打在水面上，形成了一个个小而圆的漩涡。如果有摄影家把这些小漩涡摄下，这也不失为宇宙中的一种美，值得美学家们用一些只有他们才能懂的恍兮惚兮的名词来探讨甚至争论一番的。小荷花水底下的嫩芽我相信是不懂美学的，但是，它们懂得要生存，要成长。水面上雨滴一敲成小漩涡，它们立即感觉到了，它们也精神抖擞起来，互相鼓励督促起来：“伙伴们！拿出自己的劲头来，快快长呀！长呀！赶快长出水面，用我们自己的嘴吮吸雨滴。我们去年开花一千多朵，引起了燕园内外一片普遍热烈的赞扬声。今年我们也学一下时髦的说法，来它一个可持续发展，开上它两三千朵，给燕园内外的人士一个更大的惊异！”合着头顶上的敲击声，小荷的声音仿佛清晰可闻，给我喜雨的心情增添了新鲜的活力。

我浮想联翩，幻想一下飞出了燕园，飞到了我的故乡，我的故乡现在也是缺雨的地方。一年前，我曾回过一次故乡，给母亲扫墓。我六岁离开母亲，一别就是八年。母亲倚闾之情我是能够理解一点的；但是我幻想，在我大学毕业以后，经济能独立了，然后迎养母亲。然而正如古人所说的：“树欲静而风不止，子欲养而亲不待。”大学二年级时，母亲永远离开了我，只留得面影迷离，入梦难辨，风木之悲伴随了我一生。我漫游世界，母亲迷离的面影始终没有离开过我。我今天已至望九之年，依然常梦见母亲，痛哭醒来，泪湿枕巾。

我离家的时候，家里已穷得揭不开锅。但不知为什么，母亲偏有二三分田地。庄稼当然种不上，只能种点绿豆之类的东西。我三四岁的时候曾跟母亲去摘过豆角。不管怎样，总是有了点土地。有了土地就同雨结了缘，每到天旱，我也学大人的样子，盼望下雨，翘首望天空的云霓。去年和今年，偏又天旱。在扫墓之后，在眼泪迷离中，我抬头瞥见坟头几棵干瘪枯黄的杂草，在风中摆动。我蓦地想到躺在下面的母亲，她如有灵，难道不会为她生前的那二三分地担忧吗？我痛哭欲绝，很想追母亲于地下。现在又凭空使我忧心忡忡。我真想学习一下宋代大诗人陆游："绿章夜奏通明殿，乞借春阴护海棠。"我是乞借春雨护禾苗。

幻想一旦插上了翅膀，就绝不会停止飞翔。我的幻想，从燕园飞到了故乡，又从故乡飞越了千山万水，飞到了非洲。我曾到过许多国家，我爱那里的人民，我爱那里的动物和植物。我从电视中看到，非洲的广大地区也在大旱，土地龟裂，寸草不生。狮子、老虎、大象、斑马等一大群野兽，在干旱的大地上，到处奔走，寻找一点水喝，一丛草吃，但都枉然，它们什么也找不到，有的就倒毙在地上。看到这情景，我心里急得冒烟，但却束手无策。中国的天老爷姓张，非洲的天老爷却不知姓字名谁，他大概也不住在什么通明殿上。即使我写了绿章，也不知向哪里投递。我苦思苦想，只有再来一次"绿章夜奏通明殿"，请我们的天老爷把现在下着的春雨，分出一部分，带着全体中国人民的深厚情谊，分到非洲去降，救活那里的人民、禽、兽，还有植物，使普天之下共此甘霖。

我的幻想终于又收了回来，我兀坐在阳台上，谛听着头顶上的铁板被春雨敲得叮当作响，宛如天上宫阙的乐声。

1998年4月23日

登黄山记

早就听人说过："五岳归来不看山，黄山归来不看岳。"又经常遇到去过黄山的人讲述那里的奇景，还看到画家画的黄山，摄影家摄的黄山，黄山在我的心中就占了一个地位。我也曾根据那些绘画和摄影，再掺上点传闻，给自己描绘了一幅黄山图，挂在我的心头。我带着这样一幅黄山图曾周游国内，颇看了一些名山大川。五岳之尊的泰山，我曾凌绝顶，观日出。在国外，我也颇游览了一些国家，徜徉于日内瓦的莱芒湖畔，攀登了雪线以上的阿尔卑斯山，尽管下面烈日炎炎，顶上却永远积雪皑皑。所有这一切都是永世难忘的。但是我心中的那一幅黄山图，尽管随着游览的深广而多少有所修正，但毕竟还是非常美的，非常迷人的。

今天我就带着我心中的那一幅黄山图，到真正的黄山来了。

汽车从泾县驶出，直奔黄山。一路上，汽车蜿蜒绕行于万山丛中，我的幻想也跟着蜿蜒起来。眼前是千山万岭，绵延不绝；但是山峰的形象从远处看上去都差不多。远处出现了一个耸入晴空的高峰，“那就是黄山了吧！”我心里想。但是一转眼，另一个更高的山峰呈现在我的眼前，我只好打消了刚才的想法。如此周而复始，不知循环了多少遍。还有一个问题一直萦回在我的脑际：在这千山万岭中，是谁首先发现黄山这一个天造地设的人间仙境呢？是否还有另一座更美的什么山没有被发现呢？我的幻想一下子又扯到徐霞客身上。今天我们乘坐汽车来到这里，还感到有些疲惫不堪，当年徐霞客是怎样来的呢？他只能自己背着行李，至多雇上一个农民替他背着，自己手执藤杖，风餐露宿，踽踽独行于崇山峻岭中，夜里靠松明引路，在虎狼的嗥叫声中，慢慢地爬上去。对比起来，我们今天确实是幸福多了……

就这样，汽车一边飞快地行驶，我一边在飞快地幻想。我心里思潮腾涌，绵绵不断，就像那车窗外的绵延的万山一样。

汽车终于来到了黄山大门外。

一走进黄山大门，天都峰就像一团无限巨大的黑色云层，黑乎乎地像泰山压顶一般对着我的头顶压了下来，好像就要倒在我的头上。我一愣：这哪里是我心中的那座黄山呢？然而这毕竟是真实的黄山。我几十年蕴藏在心中的那一幅黄山图一下子烟消云散了。我心中怅然若失，但并不惋惜。应该消逝的就让它消逝吧！我现在已经来到了真实的黄山。

从此以后，真实的黄山就像一幅古代的画卷一样，一段一段地、慢慢地展现在我的眼前。

出宾馆右行，经疗养院右转进山，山势一下子就陡了起来。我曾经听别人说过，从什么地方到什么地方是多少多少华里。在导游书上，我也看到了这样的记载。我原以为几华里几华里都是在平面上的，因此我对黄山就有了一些不正确的理解。现在，接触了实际，才知道这基本上是按立体计算的。在这里走上一华里，同平地上不大一样，费的劲儿要大得多；就是向上走一尺，也要费上一点力气。没有别的办法，只好喘气流汗了。我低头看着脚下的台阶，右手使劲地拄着竹杖，一步一步向上爬行。我眼睛里看到的只是台阶、台阶、台阶。有时候，我心里还数着台阶的数目。爬呀，数呀，数呀，爬呀，以为已经很高了，但是抬眼一看，更高、更陡、更多的台阶还在前面哩。想当年登泰山的时候，那里还有一个"快活三里"。这里却连一个"快活三步"都没有。但是，既来之，则安之，爬就是一切。

我到黄山来，当然并不是专为来走路的。我还是要看一看的。但是，在黄山，想看也并不容易。有经验的人说："走路不看山，看山不走路。"这确实是至理名言。这有点像鱼与熊掌的关系，不可得而兼之。谁要想"兼之"，那就有失足坠下万丈深涧的危险。我只在爬到了一定的阶段时，才停下脚步，小心地抬头向身后和左右看上一看，但见峭壁千仞，高岭入云，幽篁参天，苍松夹道，鸟鸣相和，蝉声四起。而且每看一次，眼前的情景都不一样，扑朔迷离，变幻万端。就连同一个地方，从不同的角度去看，都能看出不同的形象。从慈光阁看朱砂峰，看到天都峰上的金鸡叫天门。但是登上龙蟠坡，再抬头一看，金鸡叫天门就变成了五老上天都。在什么地方才能看到黄山真面目呢？我想，在什么地方都看不到。我很想改一改苏东坡的诗："横看成岭侧成峰，远近高低各不同。不识黄山真面目，即使身在此山中。"

我有时候也有新的发现，我简直觉得其中闪现着"天才的火花"，解人难得，我只有自己拍手（这里没有案）叫绝。比如，我看远山上的竹石树木，最初只觉得一片蓊郁，但细看却又有明暗之别：有的浓绿，有的淡绿。经过我再三研究揣摩，我才发现，明的是竹，暗的是松，所谓"苍松翠竹"，大概指的就是这个意思吧。我又想改陆游的两句诗："山重水复疑无路，松暗竹明又一山。"

一想到陆游，我又想到了徐霞客。我们且看看他登上慈光寺以后是怎样看黄山的：

由此而入，绝巘危崖，尽皆怪松悬结。高者不盈丈，低仅数寸，平顶短鬣，盘根虬干，愈短愈老，愈小愈奇。不意奇山中又有此奇品也！

他看到了奇山，又看到了奇松。他看到的山同我们今天看到的几乎完全一样，这毫无可怪之处。但是他看到的松，有多少是我们今天还能看到的呢？“愈短愈老，愈小愈奇”，难道在这几百年的漫长时间里，它们就一点也没有长吗？就是起徐霞客于地下，我这样的问题恐怕也无法回答了。

我就是这样一边爬，一边看，一边改着古人的诗，一边想到徐霞客，手、脚、眼、耳、心，无不在紧张地活动着，好不容易才爬到了天都峰脚下。这是一个关键的地方。向右一拐，走不多远，就可以登上台阶，向着天都峰爬上去。天都峰是黄山的主峰。不到天都非好汉，何况那天险鲫鱼背我已经久仰大名，现在站在天都峰下，一抬头就可以看到，上面有蚂蚁似的人影在晃动，真是有说不出的诱惑力啊！但是一看到那一条直上直下的登山盘道，像一根白而粗的线绳一样悬在那里，要爬上去，还真需要有一把子力气呢。我知道，倘若给我半天的时间，登上去也是没问题的。可惜现在早已经过了中午，到我们今天住宿的地方玉屏楼还有一段路要走。我再三斟酌，只好丢掉登天都峰的念头，这好汉看来当不成了。我一步三回头地向左一拐，拾级而上，一直爬到了一线天的门口。这时我们坐了下来，背对一线天口，脸朝前望，可以看到近在咫尺的蓬莱三岛。所谓“蓬莱三岛”，只是三个石笋似的小山峰，上面长着几棵松树，下面是一片深不见底的山谷。据说，白云弥漫时，衬着下面的云海，它们确确实实像蓬莱三岛。但现在却是赤日当空，万里无云，我只能用想象力来弥补天公的不作美了。

一线天真正是名副其实。在两个峭壁中，只有一条缝隙，仅容人体，抬眼一看，只见高处露出一线光明，上面是蓝蓝的天，这一团光明就召唤着我们，奋勇前进。我们也就一个个精神抖擞，鼓足了余勇，爬了上去。低头从我们两条腿中间向后看去，还可以看到悬挂在天都峰上的那一条白练似的磴道。

过了一线天，再向右一拐就走上了玉屏楼，这里是从温泉到北海去的必由之路。一般人都是在这里过夜的。徐霞客时代，这里叫玉屏风。他在《游记》里写道：“四顾奇峰错列，众壑纵横，真黄山绝胜处。”可见徐霞客对此处评价之高。原来这里有一座庙，叫作文殊院。古人曾说过：“不到文殊院，没见黄山面。”这同徐霞客的意见是一致的。

这里有什么特点呢？这里是万山丛中一块比较平坦的地方，好像天造地设，就是一个理想的中途休息的地方。一转过山脚，就能看到峭壁上长着一棵松树。提起此松，真是大大的有名。全中国人民和全世界人民大概都经常能看到它的形象。挂在人民大会堂里的那一幅叫作“迎客松”的照片，就是它。

这棵松树的大名就叫作“迎客松”。许多来访的外国领导人，以及名人、学者会见中国领导人时，就在那个照片下面照相。你看它伸出双臂，其实是不知道多少臂，仿佛想同来此游览的人握手、拥抱；它那青翠的枝头仿佛能说出欢迎的语言，它仿佛就是黄山好客的象征，不，它实际上成了中国人民好客的象征。你若问它高寿，那就很难说了。它的干并不粗，也不特别高，看样子它至多也不过几十年至百年，然而据人说，它挺立在这里已经有一千多年了。这里山高风劲，夏有酷暑，冬有寒冰，然而它至今巍然屹立，俊秀挺拔，苍翠欲滴，枝头笼烟，仿佛正当妙龄青春。我在这里祝它长寿！

至于玉屏楼本身，可看的东西并不多。只是因为此地处万山之中，抬眼四顾，前有大谷深壑，下临无地，上面有参天云峰，耸然并立。同前一段的地无三尺平的情况比较起来，这当然显得空阔辽阔，快人心目。当白云弥漫时，云海苍茫，必然另有一番景色。可惜我们没有这个福气，只看到了一片干涸了的大海。在玉屏楼的右边，就是那一棵在名声上稍逊一筹的送客松。它也像迎客松一样，伸出了它那许多胳臂，好像向游客告别，祝他们身强体健，过一些时候再来黄山。我也祝它长寿！

我们就是在此住宿一夜之后，怀着还要再回来的心情走过这一棵松树向黄山深处前进的。一走过送客松，山路就好像一反昨天上山时的规律，陡然下降，下降，下降，再下降，一直降到涧底。这一段路走起来非常舒服，似乎还要超过泰山的“快活三里”。我们虽低头走路，仍可以抬头望山。走过望客松、蒲团松，右边可以看到指路石，回头则见牛鼻峰上的犀牛望月。下到深涧涧底以后，一泓清泉，就在道旁，清澈见底，冷冽可饮。拿做文章来比，我们走这一段山路，好像是在作“承”的那一段，“起”得突兀，“承”得和缓，我们过了一段舒服的时光。

但是，再拿做文章来比，“承”过以后，就来了“转”，这一“转”，可真不得了。到了涧底，抬眼一看，前面是八百级的莲花沟。这八百级仿佛是直上直下，令人看了真有点发怵。实际上，往上攀登的时候，比在下面仰望时更令人感到可怕。我们面前好像只有这一条窄窄的石阶，只能向上，不能回转，“马行在夹道内，难以回马”，不管流多少汗，喘多少气，到此也只有奋勇攀登，再没有回旋的余地了。

皇天不负有心人。爬上了八百石阶，一转就到了莲花峰脚下。这一座莲花峰也是黄山主峰之一。从它的脚下上山好像比从天都峰脚下攀登天都峰要容易得多，只需往右一转，爬上几个台阶就可以到达峰顶。然而，正唯其觉得容易，也就失掉了吸引力。同时，我们今天的目标是到北海。我于是只在莲花峰下少坐片刻，抬头看到不远的峰顶上游人多如过江之鲫，然后左转走上前去。要说到黄山的险境，仿佛现在才算是开始。身右峭壁凌空，左边却是悬崖无地。山路是整修过的，在最危险的地方加了石头栏杆或铁链。但栏外就是危险境地，好像泰山上的阴阳界一样。走在这样的地方，连昨天奉行的“看山不走路，走路不看山”的箴言都无法奉行，无已，只有一心一意埋头苦走而已。这里就是鼎鼎大名的百步云梯，真可以说是名不虚传。但是，大自然最憎恨的是单调，它绝不会让百步云梯成为千步云梯、万步云梯。过了百步云梯，又是一段比较平直的山路。此时我仿佛已经过了险关，大有闲情逸致，观赏山景。蓦然抬头，在远处的山崖上，忽然看到“万绿丛中一点红”。此时正是盛夏，早过了春暖花开的时节。这一点红是哪里来的呢？我无法攀上悬崖去看，无从探索与研究。我只有沉入幻想中，幻想暮春四五月间，黄山漫山遍野开满了杜鹃花的情景。我眼前的黄山一下子变了样，“日出江花红胜火”，红色的火焰仿佛燃遍了全山，直凌太空，形成了一幅红透宇宙的奇景。

就这样，一路幻想下去。平路走尽，又上山路，穿过鳌鱼洞，就到了天海。这一段路更平了，仿佛已经离开黄山，到了平地上。一路树木蓊郁，翠竹夹道，两旁蝉声啼不住，轻身已到北海边。

北海真是个好地方。人们已经看过了天都峰和莲花峰，奇景险境，久已身履，大概总会觉得黄山胜境已经探过，到了北海已经成为尾声了。

然而实则不然。

我先讲一个口头传说。距北海不远有一座山峰，叫作始信峰。什么叫始信峰呢？这里熟于掌故的人说，就是“开始相信”，意思就是，到了这里才开始相信黄山之美。不管这个解释是否正确，是否就是原意，我确确实实是相信的。我到了北海以后，才知道，北海绝不是黄山之游的尾声，而是高峰，是顶端。上文曾引过一句古语：“不到文殊院，没见黄山面。”我想改一改：“走不到北海，黄山没有来。”再拿写文章作比，如果过了玉屏楼算是“转”，那么，到了北海就算是“合”。一篇精巧的文章写到这里，才算是达到精妙的顶点，黄山乃山中之奇山，北海是众奇并备，万巧同臻。游黄山到此，真可以说是叹为观止矣。

然而究竟“合”出一些什么东西来呢？

三言两语是说不完的。以北海为中心，三五华里的半径内，景色万千，名目繁多。大则崇山峻岭，小至一石一树，无不奇绝人寰。从宾馆右转，走不多远，在深山绝谷的边缘上，出现了散花精舍，前面不远就是梦笔生花、笔架峰、骆驼石、上升峰和老翁钓鱼，再往前走就是始信峰。登上始信峰顶，下临无地，隔着深涧远处可见仙女峰、石笋矼，石笋壁立千仞，真仿佛天上有一个顶天立地的金刚巨无霸从上面把石笋栽在那里，成为宇宙奇观。我们只是从远处看石笋矼，徐霞客是亲身到过。他在《游记》里写道：“趋石笋矼，至向年所登尖峰上。倚松而坐，瞰坞中峰石回攒，藻缋满眼，如觉匡庐、石门，或具一体，或缺一面，不若此之闳博富丽也。”

“闳博富丽”当然还不仅限于石笋矼。北海附近这一些名胜，无不“闳博富丽”“藻缋满眼”。比如清凉台、曙光亭，都各有奇妙之处。出宾馆左折西行，可以到西海。沿路青松参天，翠竹匝地，有很多有名的奇景。走到尽头，同别的地方一样，眼前又是峭壁千仞，深涧万寻。从这里的排云亭上，可以看到丹霞峰、松林峰、石床峰，各个刺入青天，令人神往。据说这地方是看落照的好地方，可惜我们来的时候，不是黄昏，我们只有怅望西天，幻想一番日落西山、红霞满天的情景而已。

是不是北海就只“合”出了这样一些东西来呢？

也还不是的。黄山有所谓“四大奇景”：奇松、怪石、云海、温泉。温泉一进山就可以看到，这里不再提了。其他三奇，除了云海以外，一进山也都陆续可以看到。从慈光阁开始，只要你注意，奇松、怪石，到处可见。简直是让你一步一吃惊，一步一感叹。到了北海算是达到了顶峰，所谓“集大成者”就是如此。

那么，人们也许要问，奇松奇在什么地方呢？这个问题问得好，我初次听说奇松时，心里也泛起过这个问题。我游遍了黄山，到了北海，要想答复这个问题，也还感到非常困难，简直可以说是回答不出。我常常想，世间一切松树无不是奇的。奇就奇在它同其他树都不一样。其他树木的枝子一般都是往上长，但是松树的枝干却偏平行长着或者甚至往下长。其他树木从远处看上去都能给人一个轮廓，虽然茂密，但却杂乱；然而松树给人的轮廓却是挺拔、秀丽，如飞龙，如翔凤，秩序井然，线条分明。松、柏是常常并称的。如果它们站在一起，人们从远处看，立刻就能够分清哪是松，哪是柏。总之一句话，我们脑中一切关于树的规律，松树无不违反。此之所谓“奇”也。

但是，黄山上的松树比其他地方的更奇，是奇中之奇。你只要看一看黄山上有名字的名松，你就可以知道：蒲团松、连理松、扇子松、黑虎松、团结松、迎客松、送客松、飞虎松、双龙松、龙爪松、接引松，此外还不知道有多少松。连那些不知名的大松、小松、古松、新松，长在悬崖上的松，长在峭壁上的松，长在任何人都不能想象的地方的松，千姿百态，石破天惊，更是违反了一切树木生长的规律。别的地方的松树长上一千多年，恐怕早已老态龙钟了；在这里却偏偏俊秀如少女，枝干也并不很粗。在别的地方，松树只能生长在土中；在这里却偏偏生长在光溜溜的石头上。在别的地方，松树的根总是要埋在土里的；在这里却偏偏就把大根、小根、粗根、细根，一股脑地、毫不隐瞒地、赤裸裸地摆在石头上，让你看了以后，心里不禁替它担忧起来。黄山松奇就奇在这里。看松而看到黄山松，真可以说是达到顶峰了。

谈到怪石，也真是够怪的。那么这些石头怪又怪在何处呢？在别的名山胜地中，也有一些有名有姓的山峰，也有一些有名有姓的石头。但是在黄山，这种山峰和石头却多得出奇：虎头岩、郑公钓鱼台、莺谷石、碰头石、鲫鱼背、羊子过江、仙人飘海、仙桃石、蓬莱三岛、鹦哥石、飞鱼石、采莲船、孔雀戏莲花、象石、金龟望月、仙鼠跳天都、仙人下轿、仙人把洞门、姜太公钓鱼、犀牛望月、指路石、金龟探海、老僧入定、老僧观海、仙人绣花、鳌鱼吃螺蛳、容成朝轩辕、鳌背驮金鱼、仙人下棋、仙人背包、飞来钟、老翁钓鱼、梦笔生花、猪八戒吃西瓜、书箱峰、达摩面壁、仙人晒靴、老虎驮羊、天鹅孵蛋、关公挡曹、仙人铺路、太白醉酒、五老荡船、天狗望月、双猫捕鼠、苏武牧羊、老僧采药、仙人指路、喜鹊登梅、猴子捧桃，等等，等等。名目确实够繁多的了。名目之所以这样繁多，决定因素就是因为这里石头长得怪。如果不怪的话，就绝不会有这样多的名目。你以为这些五花八门的名目已经把黄山的怪石都数尽了吗？不，还差得很远。如果你有时间，静坐在黄山的某一个地方，面对眼前的奇峰怪石，让自己的幻想展翅驰骋，你还可以想出一大批新鲜动人的名目。比如我们几个人在西海排云亭附近面对深涧对面的山，我看出了一座“国际饭店”。这个名字一提出，你就越看越像，像得不能再像了，我们都为这个天才的发现而狂欢。假我以时日，我们可以巧立名目，为黄山创立一大批新鲜、别致，不但神似而且形似的名目，再为黄山增添光彩。

在怪石中最怪的，当然要数飞来石。顾名思义，人们认为这块大石头是从天外飞来的。我们从玉屏楼到北海的路上，快到北海的时候，已经从远处看到了它。它是在一座小山峰的顶上，孑然耸立在那里。上粗下细，同山峰接触的地方只是一个点，在山风中好像是摇摇欲坠，让人不禁替它捏一把汗。后来我们从北海到西海，在回去的路上，爬了上去，一直爬到峰顶上，同黄山别的山头一样，小小的一个峰顶，下临万丈深涧。看到飞来石，我们都大吃一惊：原来同峰顶连接的地方有一条缝。这样一块巨石，上粗下细，又不固定在峰顶上，怎能巍然屹立在那里，而且还不知已经屹立了多少年呢？在这漫长的时间内，谁知道它已经经历了多少狂风暴雨，山崩地震呢？而它到今天仍然是岿然不动，简直违反了物理的定律。我们没有别的话可说，只能说它是奇中之奇了。

至于黄山的云海，我更是闻所未闻，见所未见。一座大山竟然有北海、西海、天海、前海、后海，这样许多海，初听时难道不真是让人不解吗？原来这些海都是云海。我从小读王维的诗“行到水穷处，坐看云起时”，觉得这个境界真是奇妙，心向往之久矣。可是活了六十多岁，也从来没能看到云起究竟是什么样子。一天，我们正在北海的一个山头上，猛回头，看到隔山的深涧忽然冒起白色的浓烟。我直觉地认为这是炊烟。但是继而一想，炊烟哪能有这样的势头呢？我才恍然：这就是云起。升起来的云彩，初时还成丝成缕，慢慢地转成一片一团，颜色由淡白转浓，最初群山的影子还隐约可见，转瞬就成了一片云海，所有的山影都被遮住，云气翻滚，宛若海涛。然而又一转瞬，被隐藏起来的山峰的影子又逐渐清晰，终于又由浓转淡，直到山峰露出了真面目，云气全消，依然青山滴翠，红日皓皓。所有这一切都发生在几分钟内。这算不算是云海呢？旁边有人说：“还不能算是真正的云海。那要大雨之后。”我只好相信他的话。但是，“慰情聊胜无”，不是比没有看到这种近似云海的景象要好得多吗？

除了上面谈的四大奇景之外，我还有一点意外的收获，那就是我在黄山看了日出。日出并没有列入黄山四奇之内，但仍然可以说是一奇。北海的曙光亭，顾名思义，就是看日出的最好的地方。几十年前，当我还年轻的时候，我曾登泰山看日出，在薄暗中，鹄候在玉皇顶上，结果除了看到一团红红的云彩之外，什么也没有看到。我只有暗自背诵姚鼐的《登泰山记》，聊以自慰：

及既上，苍山负雪，明烛天南；望晚日照城郭，汶水、徂徕如画，而半山居雾若带然。

戊申晦，五鼓，与子颖坐日观亭，待日出。时大风扬积雪击面。亭东自足下皆云漫。稍见云中白若樗蒲数十立者，山也。极天云一线异色，须臾成五采。日上，正赤如丹，下有红光，动摇承之。或曰：此东海也。

这一次来到黄山北海。早晨天还没有亮，就有人跑着、吵着去看日出。我一骨碌爬起来，在凌晨的薄暗中摸索着爬上曙光亭，那里已经是黑压压的一团人。我挤在后面，同大家一样向着东方翘首仰望。天是晴的，但在东方的日出处，却有一线烟云。最初只显得比别处稍亮一点而已；须臾，彩云渐红，朝日露出了月牙似的一点；一转眼间，它就涌了出来，顶端是深紫色，中间一段深红，下端一大段深黄。然而立刻就霞光万道，白云为霞光所照，成了金色，宛如万朵金莲飘悬空中。

就这样，黄山的三奇——奇松、怪石、云海，还加上一个奇：日出。我在黄山，特别是在北海，都领略过了。再拿做文章来打个比方，起、承、转、合，这几大股都已做完，文章应该结束了。

然而不然，从我的感情和印象说起来，合还没有合完，文章也就不能结束；从我的激情来看，这仿佛才刚达到高潮，文章更不能就此结束了。我们原来并不想在北海住这样久。但是越住越想住，越住越不想走。三天之内，我们天天出去，天天有新的发现，大有流连忘返之意。我们最后怀着惜别的心情，离开北海的时候，我的内心如潮涌，如云起，一步三回头。我们绕过黑虎松走上后山的道路，向着云谷寺的方向走去。一路之上，流水潺潺，山风习习，蝉声相送，鸟鸣应和，苍松翠竹，映带左右。我们又像走到山阴道上，应接不暇了。但是我们走到幽篁中，闻鸟声却不见鸟，我们笑着开玩笑说，这是留客鸟，它们也惋惜我们即将离去，大有依依不舍之意呢。

此时周围清幽阒静，好像宇宙间只有我们几个人似的。但是我的内心里却又像来黄山的路上那样波涛汹涌，遐想联翩，我想到过去游览过的国内外的名山大川。我一时想到泰山，一时又想到石林。这都是天下奇秀，有口皆碑。但是我觉得，同黄山比起来，泰山有其雄伟，而无其秀丽；石林有其幽峭，而无其雄健。黄山是大则气势磅礴，神笼宇宙，小则剔透玲珑，耐人寻味。如果拿美学名词来比附的话，我们就可以说，黄山既有阳刚之美，又有阴柔之美。可谓“刚柔兼，二难并”，求诸天下名山，可谓超超玄箸了。

我一下子又想到中国的山水画。远山一般都只用淡墨渲染，近山则用各种的皴法。对远山的那种处理，只要在有山的地方，看到过远山的人，都会同意的，都会知道，那实际上是把自然景物，再加上点画家个人的幻想与创造，搬到了纸上来的。这不同于自然主义，这是形似而又神似。但是对近山的那些不同的皴法，则生长在北方高山不多的地方的人，有时就不大容易理解，认为这不过是画家的传统手法，没有多大意思。特别是对大涤子这样的画家，更不容易理解。今天我到了黄山，据说大涤子在这里住过，积年疑团，顿时冰释。我站在任何一个悬崖峭壁的下面，抬头仰望，注意凝视，观之既久，俨然是一幅大涤子的山水画出现在自己的眼前，我也俨然成了画中人了。但见这一幅画，笔墨恣纵，元气淋漓，皴法新颖，巨细无遗。倘若我们请天上匠作大神，来到人间，盖上一座万丈高的大厦，把这一幅大画挂在里面，不知会产生什么效果，恐怕观赏的人都会目瞪口呆、惊愕万状吧！此时，只在此时，我才真正理解中国古代山水画家，其中也包括像大涤子这样有天才、有独创性，能独辟蹊径，开一代风气的画家，都是在仔细观察自然山色，简练揣摩，融会贯通之后，才下笔的。他们绝不是专门抄袭古人，拾古人牙慧的。

我一下子又想到，天下名山多矣，中外皆然。但是像黄山这样的名山，却真如凤毛麟角。为什么中国竟会有黄山这样的山呢？这个问题似乎非常幼稚，实际上却是发自我内心深处的一个问题。我并不觉得它有什么幼稚、可笑。古人会说，这是灵气所钟。什么又是灵气呢？灵气这东西摸不着、看不到，实在是玄妙得很。但是依我看，它又确实是存在着的。我们一到黄山，第一天晚上，坐在宾馆外深涧岸边，细听涧中水声，无意中捉到了一个萤火虫，发现它比别的地方的都大而肥壮。后来我们又发现这里的知了也比别的地方的大而肥壮，就连苍蝇也和别的地方不同，大得、壮得惊人，而在海拔近两千尺的天都峰顶，天风猎猎，人站在那里都摇摇欲坠，却能见到苍蝇，而且都有点气魄，飞驶迅速，呼啸而过。这实在使我吃惊不小。不用灵气所钟，又怎样解释呢？世界各国都有它们灵气所钟的地方，对于这些地方，只要我能走到、看到，我都喜爱、欣赏，一视同仁，绝不会有任何偏心。但是，有黄山这样灵气所钟的地方，我作为一个中国人感到无比的骄傲与幸福。我因此更热爱我们这一块土地，我更热爱我们这一个国家。我们也并不想把黄山秘而不宣，独自享受。“但愿人长久，千里共婵娟。”我也但愿世界永存，黄山永在，永远以它那无比美妙的山色，为我们提供无比美妙的怡悦。

我一下子又想到，古人说，人生要读万卷书，行万里路。又说太史公司马迁周览名山大川，故其文疏宕有奇气。还有人说，唐代大书法家张旭观公孙大娘舞剑器，因而书法大进。我现在游览了黄山，将来会产生什么样的影响呢？我一非文豪，二非书法家，这影响究竟要产生在什么地方呢？不管怎样，影响终归会有的，我且拭目以待。

我就是这样一边走，一边想，一边还欣赏四周奇丽景色，不知不觉地就回到了温泉。等到我从北海返回温泉的时候，我仿佛成了一个爱丽丝，我漫游了一个奇而又奇的奇境。过去一周的游踪，历历呈现在我心中。我的黄山梦于今实现了。但我并不满足于实现了梦境，而是梦得更加厉害起来。我仿佛还并没有到过真正的黄山，不，黄山对我来说，比原来还要陌生，还要奇妙，我直觉地感到，真正的黄山我还没有看到。我从北海归来，只看了黄山的皮毛。黄山的名胜真如五光十色，扑朔迷离，在那“万壑树参天，千山响杜鹃”中似乎还隐藏着什么秘密，有待于我，有待于其他人去发现，去欣赏，去惊叹。古时候有一首关于黄山的诗：

踏遍峨眉与九嶷，
无兹殊胜幻迷离。
任他五岳归来客，
一见天都也叫奇。

我还没有历游五岳，也还没有到过峨眉与九嶷。我对黄山、对天都叫奇，完全是很自然的。我相信，即使我有朝一日真的遍游五岳，登峨眉，探九嶷，我再到黄山来，仍然会叫奇不绝的。

我来的时候，心里带来了一个假的黄山图，它一遇到真黄山就破碎消失了。我现在离开的时候，带走了一幅真正的黄山图，虽然我还不能相信，这一幅图就是黄山的真相。但是这幅黄山图将永远留在我的心中。经过了一段时间酝酿思忖，我现在写出了我心目中的黄山。但在写的过程中，我时时怀疑我这一支拙笔会玷污了黄山。古人诗说："意态由来画不成，当时枉杀毛延寿。"我现在真觉得，"黄山意态写不出，枉费不眠数夜间"。《世说新语》"任诞第二十三"说：

> 桓子野每闻清歌，辄唤"奈何！"谢公闻之，曰："子野可谓一往有深情。"

这里指的是，桓子野每闻清歌，辄情动乎中。我现在面对着黄山，心中有一美妙的黄山，笔下的黄山却并不那么美妙，我也只能学一学桓子野，徒唤奈何。

1979年12月9日写毕

登庐山

苍松翠柏，层层叠叠，从山麓向上猛奔，气势磅礴，压山欲倒，整个宇宙仿佛沉浸在一片浓绿之中。原来这就是庐山啊！

汽车沿着盘山公路，在万绿丛中盘旋而上。我一边仿佛为这神奇的绿色所制服，一边嘴里哼着苏东坡那一首脍炙人口的诗：

横看成岭侧成峰，
远近高低各不同。
不识庐山真面目，
只缘身在此山中。

我很后悔，在读中国小学的时候，学习马虎，对岭与峰的细微区别没有弄清楚。到了此时，悔之晚矣。无论横看，还是侧看，我都弄不明白苏东坡用意之所在。我只觉得，苏东坡没有搔着痒处，没有真正抓住庐山的神韵，没有抓住庐山的灵魂，空留下这一首传诵古今的名篇。

到了我们的住处以后，天色已经黄昏。窗外松涛澎湃，山风猎猎，鸟鸣在耳，蝉声响彻，九奇峰朦胧耸立，天上有一弯新月。我耳朵里听到的是松声，眼睛仿佛看到了绿色。我在庐山的第一夜，做了一个绿色的梦。

中国的名山胜境，我游得不多。五十年前，我在大学毕业后，改行当了高中的国文教员。虽然为人师表，却只有二十三岁。在学生眼中，我大概只能算是一个大孩子。有一个学生含笑对我说："我比你还大五岁哩！老师！"这有什么办法呢？我当时童心未泯，颇好游玩。曾同几个同事登泰山，没费吹灰之力就登上了南天门。在一个鸡毛小店里住了一夜，第二天凌晨攀登玉皇顶，想看日出。适逢浮云蔽天，等看到太阳时，它已经升得老高了。我们从后山黑龙潭下山，一路饱览山色，颇有一点"一览众山小"的情趣。泰山给我留下了非常深刻的印象。从审美的角度上来评断，我想用两个字来概括泰山，这就是：雄伟。

六年以前，我游了黄山。从前山温泉向上攀，经过了许多名胜古迹，什么一线天、蓬莱三岛等，下午三时到了玉屏楼。回望天都峰、鲫鱼背，如悬天半。在玉屏楼住了一夜，第二天再向北海前进。一路上又饱览了数不清的名胜古迹。在北海住了两夜，看到了著名的黄山云海和奇峰怪石。世之论者认为黄山以古松胜，以云海胜，以奇峰胜，以怪石胜。古人说：“五岳归来不看山，黄山归来不看岳。”这是非常有见地的话。从审美的角度来评断，我也想用两个字来概括黄山，这就是：诡奇。

那一次陪我游黄山的是小泓，我们祖孙二人始终走在一起。他很善于记黄山那一些稀奇古怪的名胜的名字，我则老朽昏庸，转眼就忘，时时需要他的提醒和纠正。当时日子过得似乎平平常常，并没有觉得有什么奇妙之处，有什么值得怀念之处。但是，前几年我到安徽合肥去开会，又有游黄山的机会，我原本想再去黄山的。可是，我忽然怀念起小泓来，他已在千山万水浩渺大洋之外了。我顿时觉得，那一次游黄山，日子过得不细致，有点马马虎虎，颇有一点身在福中不知福的味道。如今回忆起来，情景历历如在眼前。哪怕是极小的生活细节，也无一不温馨可爱，到了今天，宛如一梦，那些情景永远永远不会再回来了。我觉得，再游黄山，谁也代替不了小泓。经过反复的考虑，我决意不再到黄山去了。

今天我来到了庐山，陪我来的是二泓。在离开北京的时候，我曾下定决心，在庐山，日子一定要仔仔细细地过，认真在意地过，把每一个细枝末节，每一分钟，每一秒钟，都要仔细玩味，决不能马马虎虎，免得再像游黄山那样，日后追悔不及。我也确实这样做了。正像小泓一样，二泓也是跟我形影不离。几天以来，我们几乎游遍整个庐山。茂林修竹，大陵深涧，岩洞石穴，飞瀑名泉。他扶着我，有时候简直是扛着我，到处游观。我觉得，这一次确实是仔仔细细地过日子了，一点也没有敢疏忽大意。对一草一木，一山一石，变幻莫测的白云，流动不息的飞瀑，我都全心全意地把整个灵魂放在上面。我只希望，到庐山之游成为回忆时，我不再追悔。是否真正能做到这一步，我眼前还不敢夸下海口，只有等将来的事实来验证了。

庐山千姿百态，很难用一个字或几个字来概括。但是，总起来说，庐山给我的印象同泰山和黄山迥乎不同。在这里，不管是远山，还是近岭，无不长满了松柏。杉树更是特别郁郁葱葱，尖尖的树顶直刺云天。目光所到之处，总是绿，绿，绿，几乎看不到任何别的颜色，是一片浓绿的天地，一片浓绿的大洋。从审美的角度来看，我也想用两个字来概括庐山，这就是：秀润。

我觉得，绿是庐山的精神，绿是庐山的灵魂，没有绿就没有庐山。绿是有层次的。有时候蓦地白云从谷中升起，把苍松翠柏都笼罩起来，笼罩得迷蒙一片，此时浓绿就转成了青色，更给人以秀润之感。可惜东坡翁当年没能抓住庐山这个特点，因而没有能认识庐山的真面目，成为千古憾事。我曾在含鄱口远眺时信手写一七绝：

近浓远淡绿重重，

峰横岭斜青蒙蒙。
识得庐山真面目，
只缘身在此山中。

我自谓抓住了庐山的精神，抓住了庐山的灵魂。庐山有灵，不知以为然否？

1986年8月6日于庐山

富春江边　瑶琳仙境

几年以前，我写过一篇散文《富春江上》，抒发我在富春江上乘船畅游时的一些感受。我在最后说，吴均《与宋元思书》中讲到“自富阳至桐庐，一百许里，奇山异水，天下独绝”，可是我们只到了富阳就转回杭州，把奇山异水都丢在后面了，这真是天大的憾事。“然而，这一件憾事也自有它绝妙之处，妙在含蓄。”明眼人一看就能知道，其中有自我欺骗的味道。我自己也知道，重游富春江的机会相当渺茫了。但是我又确实爱上了这一条神奇的澄江，依恋之情，溢满心头，因此故作含蓄语，不过聊以自慰而已。

然而事竟有出人意料者，仅仅隔了三年，我现在又来到了杭州，来到富春江边了。遗憾的是，也许庆幸的是，我这次不是乘船，而是乘车，不是仅仅到了富阳，而是直抵桐庐，真正到了吴均描绘的天下独绝的山水的终点，我多少年来梦寐以求的这个人间仙境终于亲身来到了。遗憾的是，也许庆幸的是，我这一次看到的不是吴均描绘的景色，而是它的背后，也许连吴均都没有看到过的背后。

我就是在这个背后乘车走了“一百许里”。

车子过了六和塔，钱塘江波平如镜，晴光满江，微风不起，浮天潋滟，像一面巨大的镜子，照亮了上下四方，背后衬托着几点黛螺似的越山，显得姣丽肃穆。这一片江水在车旁一晃而过，此后就一直再没有见到钱塘江和富春江。蜿蜒的群山把她们隔住了。车子经过的地方，山青水绿，平畴如画。朝阳在山上的松林顶上涂上了一条条的阴影；向阳外，金光闪耀；背阴处，浓绿深黑。阳光就跳跃在这明暗相间的阴影上。外国崇拜太阳的信徒们看到这样的阳光不知道做何感想。我这个喜爱但不崇拜太阳的俗人，看到这样的情景，脑筋蓦地一闪，仿佛天启临到我的心头，我的灵魂沐浴在金色的阳光中，与阳光融而为一了。

这是我眼前看到的实实在在的情景，这一幅迷人的图景是我在陆路上汽车中吸入眼底的。但是，不管这一幅图景是多么迷人，我的心并没有被它完全拴住，而是飞到更远的地方去了。我背诵着吴均的文章：

水皆缥碧，千丈见底。游鱼细石，直视无碍。急湍甚箭，猛浪若奔。

夹岸高山，皆生寒树。负势竞上，互相轩邈。争高直指，千百成峰。泉水激石，泠泠作响。好鸟相鸣，嘤嘤成韵。蝉则千转不穷，猿则百叫无绝。

我的眼睛仿佛得到了天眼通的神力，穿透了巍峨的高山，看到富春江上。我的耳朵仿佛得到了天耳通的神力，听到富春江上。缥碧的江水，流在我眼前。竞上的寒树，绿在我眼前。泠泠的泉水，响在我耳边。嘤嘤的好鸟，唱在我耳边。中间混合上猿猴的哀鸣，寒蝉的啭声，汇成了钧天大乐；再衬上青山绿水，辉耀震荡着整个宇宙。我自己现在仿佛不是坐在车上，而是坐在船上；我仿佛化成了另外一个自我了。昔者庄子化为蝴蝶，不知谁化为谁。我现在化出了第二个我，我也不知道，究竟坐在车上的是我呢，还是坐在船上的是我？在到达瑶琳仙境之前，我已经化入太虚幻境了。

但是，现实毕竟是现实，眼前的东西看起来毕竟真切。车子在飞驶，眼前的景象在飞快地变化。“山重水复疑无路，柳暗花明又一村。”陆放翁诗中描绘的大概也就是同这一带相似的地方的景色。区别只在于，他当时漫游，不外是步行、骑驴或者坐轿，速度都是很慢的。眼前风物的变化，节奏也慢。一片树林，一个山坡，一块草地，一方池塘，看上半天，也换不了镜头。今天我们乘的是汽车，风驰电掣，转瞬数里，眼前的景色瞬息万变。马路旁的稻田，稻田边上高视阔步的水牛，远处山麓下的白色小楼，田地里劳动的农民，小镇子里熙熙攘攘的男女老少，都像风车一般，还没等看清楚，已经飞也似的向后退去，什么东西都是转眼就变。小河中白云青山的倒影，紧紧地拼命似的跟着我们的汽车跑。一转弯，小河一消失，白云青山的倒影立刻也就杳无踪影，只有倒影的残痕还留在我们的脑海中。此景此情，陆放翁是无论如何也看不到的。今人幸福胜古人，这一点是无可怀疑的了。

眼前的幸福确实带给了我极大的愉快。但是刚才自己制造的那一个太虚幻境无论如何也不想从我眼前离开。分成两半的那一个我始终也没有完全合拢起来。一半留在眼前的车上，一半钻透高山，飞到富春江畔。后一半似乎比前一半还有更大的自由，还更活跃。它完全不受眼前现实的束缚，甚至不受吴均的束缚，它海阔天空，任意驰骋，任意发挥，任意创造。它创造的富春江比现实的要美，比吴均的富春江也要美，而且要美妙到不知多少倍。这里是一个完全自由的王国，一个真正的太虚幻境……

"瑶琳仙境到了！"

"我们到了太虚幻境了！"

同车的人高声喧嚷起来，我仿佛从梦中被惊醒一般，那两个我终于合成了一个。我探头车外，许多小店铺标着瑶琳仙境的名字，旅游汽车排成了长龙，中外游人成团成堆——瑶琳仙境果然到了。

我随着众多的游人挤进洞中。这一个洞穴确实很大，按照天然长成的样子，分为六个“厅”，各厅自成格局，但又有路可通。洞中大小石室，无法统计；亿万年点滴形成的钟乳石，五颜六色，纷烂夺目。有的像玉石，有的像玛瑙，有的像金刚，有的像翡翠。珠帘玉幕，瑶台灵山，连云飞瀑，高峰崇巘，丛莽竹林，层楼叠阁，说不尽的奇迹，数不清的异象。低头忽然发现下有深沟。邈邃宽敞，正在戒惧惶恐，以为是下临无地；突然水光一闪，原来是洞中小溪，深不逾尺，不禁会心一笑。女解说员正在起劲地讲解。她口若悬河，眉飞色舞，绘形绘色，极尽幻想之能事。其实只要我们自己肯动脑筋，给自己的幻想插上翅膀，让它无拘无束地自由飞翔，对着眼前那一些奇形怪状的石头，我们能够起上成百上千的诡奇美妙的名字。你给它起上什么名字，它肯定就像什么。如果有人幻想力比你更强，给它换上一个名字，你仔细端详，必然是越看越像。最后让你眼花缭乱，幻想也疲于奔命，好像在这个洞中宇宙间的万事万物，包括古人和神仙在内，无所不有；而一转瞬间又是什么都无所有，自己也陷入迷离的梦中了。这种经验我平生已经有过几次：一次是在黄山山上，一次是在桂林洞中、漓江岸边。现在是第三次了。如果有人问我：你对瑶琳仙境总的印象如何？我会坦率地回答：有点失望，有点不满足。我本来期望，这里能给我一点新东西，高出于桂林诸洞的东西。但是实际上没有，两者是差不多的。也许是我们伟大祖国这样神妙的地方太多了，把我们都惯坏了，把我们的眼眶子都惯得太高了，以致这也看不上，那也看不上。其实，宇宙奇迹达到瑶琳仙境这样的程度，算是已经到了顶，再想要更高的、更神妙的东西，只有到阆苑天宫里去找了。

走出了瑶琳仙境，我们立刻就走上了归途。此时太阳已经越过了中天，渐渐向西方倾斜。青山绿水另有一番景象。西斜的太阳把暗淡下来的光辉洒向碧林，洒向山麓，不像早晨那样金光闪闪，却仍然保留着充沛的活力，把村落、小溪、稻田、池塘，清清楚楚地端在我们眼前。可惜现在节令早了一些，林中的树叶子还没有变红。不然的话，如果现在是层林尽染的季节，“好是日斜风定后，半江红树卖鲈鱼”那样令人神往的景象我就可以亲身领略了。

同往常一样，在归途上，兴致会难免有点阑珊。我现在确已有点倦意，懒得再像早晨那样兴会淋漓地仔细欣赏车窗外的自然景色了。

但是，我的眼前一闪，一个人的影子蓦地又浮现了出来。早晨来的时候，这个影子已经浮现出来过。我们的车子刚刚驶过六和塔下，一看到明镜般的钱塘江，这影子就在波光水影中冉冉地浮现起来。从那时开始，它一直跟着我们的车子飞驰，时大时小，时近时远，时停时走，时隐时现；飘浮在青山顶上，逍遥在绿水岸边；恰似白云，宛若轻烟；瞻之在后，忽焉在前；充塞宇宙之内，弥漫天地之间。这是多么可爱的一个影子呀！车子驶在小溪的边上，绿树白云，倒映水中。这影子也在水中出现。到了小溪尽头，一切倒影杳然消逝。但是这个影子却仿佛从水中一跃而出，仍然跟着车子飞奔，而且一直陪着我进入瑶琳仙境，充塞了整个石洞。现在我们已经离开仙境，走上了归途，正当意兴阑珊时，青山绿水已经对我不再有多大的吸引力了，它却又突然浮现出来。时而微笑，时而点头，时而颦眉，时而闭目，在我心中激起了剧烈的波动，猛烈地撞击着我的心扉。我想呼喊，我想招手，我想把它牢牢地抓住。但是，定睛看时，却只见山清水秀。我明白了，只有这山清水秀的地方才能产生这样的面影。它是天地的精英，山川灵气之所钟。想用赤手空拳把它抓住，那只是痴心妄想。我要把它保留在我灵魂深处，我相信，它也会乐意待在那里的。我想到这里，心旷神怡。抬眼再看，那面影又浮现在我的眼前，宛似一条神龙。它就这样陪着我，在暮色朦胧中，到了万家灯火的杭州。

1984 年 12 月 9 日写完

富春江上

记得在什么诗话上读到过两句诗：

到江吴地尽，
隔岸越山多。

诗话的作者认为是警句，我也认为是警句。但是当时我却只能欣赏诗句的意境，而没有丝毫感性认识。不意我今天竟亲身来到了钱塘江畔富春江上。极目一望，江水平阔，浩渺如海；隔岸青螺数点，微痕一抹，出没于烟雨迷蒙中。“隔岸越山多”的意境我终于亲临目睹了。

钱塘、富春都是具有诱惑力的名字。实际的情况比名字更有诱惑力。我们坐在一艘游艇上，江水青碧，水声淙淙，艇上偶见白鸥飞过，远处则是点点风帆。黑色的小燕子在起伏翻腾的碎波上贴水面飞行，似乎是在努力寻觅着什么。我虽努力探究，但也只见它们忙忙碌碌，匆匆促促，最终也探究不出它们究竟在寻觅什么。岸上则是点点的越山，飞也似的向艇后奔。一点消逝了，又出现了新的一点，数十里连绵不断。难道诗句中的“多”字表现的就是这个意境吗？

眼中看到的虽然是当前的景色，但心中想到的却是历史的人物。谁到了这个吴越分界的地方不会立刻就想到古代的吴王夫差和越王勾践的冲突呢？当年他们钩心斗角、互相角逐的情景，今天我们已经无从想象了。但是乱箭齐发、金鼓轰鸣的搏斗总归是有的。这种鏖兵的情况无论如何同这样的青山绿水也不能协调起来。人世变幻，今古皆然。在人类前进的程途上，这些都是不可避免的。但青山绿水却将永在。我们今天大可不必庸人自扰，为古人担忧，还是欣赏眼前的美景吧！

但是，我的幻想却不肯停止下来。我心头的幻想，一下子又变成了眼前的幻象。我的耳边响起了诗僧苏曼殊的两句诗：

春雨楼头尺八箫，
何时归看浙江潮。

这里不正是浙江钱塘潮的老家吗？我平生还没有看到浙江潮的福气。这两句诗我却是喜欢的，常常在无意中独自吟咏。今天来到钱塘江上，这两句诗仿佛是自己来到了我的耳边。耳边诗句一响，眼前潮水就涌了起来：

怒声汹汹势悠悠，
罗刹江边地欲浮。
漫道往来存大信，
也知反覆向平流。
任抛巨浸疑无底，
猛过西陵只有头。
至竟朝昏谁主掌，
好骑赪鲤问阳侯。

但是，幻象毕竟只是幻象。一转瞬间，“怒声汹汹”的江涛就消逝得无影无踪，眼前江水平阔，浩渺如海，隔岸青螺数点，微痕一抹，出没于烟雨迷蒙中。

可是竟完全出乎我意料：在平阔的水面上，在点点青螺上，竟又出现了一个人的影子。它飘浮飞驶，“翩若惊鸿，宛如游龙”，时隐时现，若即若离，追逐着海鸥的翅膀，跟随着小燕子的身影，停留在风帆顶上，飘动在波光潋滟中。我真是又惊又喜。“胡为乎来哉？”难道因为这里是你的家乡才出来欢迎我吗？我想抓住它；这当然是不可能的。我想正眼仔细看它一看；这也是不可能的。但它又不肯离开我，我又不能不看它。

这真使我又是兴奋，又是沮丧；又是希望它飞近一点，又是希望它离远一点。我在徒唤奈何中看到它飘浮飞动，定睛敛神，只看到青螺数点，微痕一抹，出没于烟雨迷蒙中。

我们就这样到了富阳。这是我们今天艇游的终点。我们舍舟登陆，爬上了有名的鹳山。山虽不高，但形势极好。山上层楼叠阁，曲径通幽，花木扶疏，窗明几净。我们登上了春江第一楼，凭窗远望，富春江景色尽收眼底。因为高，点点风帆显得更小了，而水上的小燕子则小得无影无踪。想它们必然是仍然忙忙碌碌地在那里飞着，可惜我们一点也看不着，只能在这里想象了。山顶上树木参天，森然苍蔚。最使我吃惊的是参天的玉兰花树。碗大的白花在绿叶丛中探出头来，同北地的玉兰花一比，小大悬殊，颇使我这个北方人有点目瞪口呆了。

在山边一座石壁下是名闻天下的严子陵钓台。宋朝大诗人苏东坡写的四个大字：登云钩月，赫然镌刻在石壁上。此地距江面相当远，钓鱼无论如何是钓不着的。遥想两千多年前，一个披着蓑衣的老头子，手持几十丈长的钓竿，垂着几十丈长的钓丝，孤零一个人，蹲在这石壁下，等候鱼儿上钩，一动也不动，宛如一个木雕泥塑。这样一幅景象，无论如何也难免有滑稽之感。古人说：姑妄言之姑听之，过分认真，反会大煞风景。难道宋朝的苏东坡就真正相信吗？此地自然风光，天下独绝，有此一个传说，更会增加自然风光的妩媚，我们就姑妄听之吧！

两年前，我曾畅游黄山。那里景色之奇丽瑰玮，使我大为惊叹。窃念大化造物，天造地设，独垂青于中华大地。我觉得生为一个中国人，是十分幸福的，是非常值得骄傲的。今天我又来到了富春江上。这里景色明丽，秀色天成，同样是美，但却与黄山形成了鲜明的对照。如果允许我借用一个现成的说法的话，那么一个是阳刚之美，一个是阴柔之美。刚柔不同，其美则一，同样使我惊叹。我们祖国大地，江山如此多娇，我的幸福之感，骄傲之感，更油然而生。眼前的富春江在我眼中更增加了明丽，更增加了妩媚，仿佛是一条天上的神江了。

在这里，我忽然想到唐代诗人孟浩然的一首著名的诗：《宿桐庐江寄广陵旧游》：

山暝闻猿愁，
沧江急夜流。
风鸣两岸叶，
月照一孤舟。
建德非吾土，
维扬忆旧游。
还将两行泪，
遥寄海西头。

孟浩然说“建德非吾土”，在当时的情况下，这种心情是容易理解的。他忆念广陵，便觉得建德非吾土。到了今天，我们当然不会再有这样的感觉了。我觉得桐庐不但是“吾土”，而且是“吾土”中的精华。同黄山一样，有这样的“吾土”就是幸福的根源。非吾土的感觉我是有过的。但那是在国外，比如说瑞士，那里的山水也是十分神奇动人的，我曾为之颠倒过，迷惑过。但一想到“山川信美非吾土”，我就不禁有落寞之感。今天在富春江上，我丝毫也不会有什么落寞之感。正相反，我是越看越爱看，越爱看便越觉得幸福，在这风物如画的江上，我大有手舞足蹈之意了。

我当然也还感到有点美中不足。我从小就背诵梁代大文学家吴均的一篇名作《与宋元思书》。这封信里描绘的正是富春江的风景：

风烟俱净，天山共色。从流飘荡，任意东西。自富阳至桐庐，一百许里，奇山异水，天下独绝。

下面就是对这“奇山异水”的描绘。那确是非常动人的。然而他讲的是“自富阳至桐庐”，我今天刚刚到了富阳，便戛然而止，好像是一篇绝妙的文章，只读了一个开头。这难道不是天大的憾事吗？然而，这一件憾事也自有它的绝妙之处，妙在含蓄。我知道前面还有更奇丽的景色，偏偏今天就不让你看到。我望眼欲穿，向着桐庐的方向望去，根据吴均的描绘，再加上我自己的幻想，把那一百多里的奇山异水给自己描绘得如阆苑仙境，自己感到无比快乐，我的心好像就在这些奇山异水上飞驰。等到我耳边听到有点嘈杂声，是同伴们准备回去的时候了。我抬眼四望，唯见青螺数点，微痕一抹，出没于烟雨迷蒙中。

1981 年 12 月 9 日

观天池

长白山天池真可谓“大名垂宇宙”矣。我们此次冒酷暑，不远数千里，飞来延吉，如果说有一个确定不移的目的的话，那就是天池。

我们早晨从延吉出发，长驱二百三十公里，马不停蹄，下午到了长白山下的天池宾馆。我们下车，想先订好房间，然后上山。但是，宾馆的主人却催我们赶快上山，因为此时天气颇为理想，稍纵即逝，缓慢不得，房间他会给我们保留下来的。

宾馆老板的话是非常有道理的。长白山主峰海拔二千六百九十一米，较五岳之尊雄踞齐鲁大地的泰山还要高一千多米。而天池又正在山巅，气候变化无常。延边大学的校长昨天告诉我，山顶气候一天二十四变。换句话说，也就是一个小时变一次。而实际情况还要比这个快，往往十几分钟就能变一次。原来是丽日悬天，转眼就会白云缭绕，阴霾蔽空，此时晶蓝浩瀚的天池就会隐入云雾之中，多么锐利的眼睛也不会看见了。据说一个什么人，不远万里，来到天池，适逢云雾，在山巅等了三个小时，最终也没能见天池一面，悻悻然而去之，成为终生憾事。

我们听了宾馆主人的话，立即鼓足余勇，驱车登山。开始时在山下看到的是一大片原始森林。据说清代的康熙皇帝认为长白山是满洲龙兴之地，下诏封山，几百年没有开放，因此这一片原始森林得到了最妥善的保护。不但不许砍伐树木，连树木自己倒下、烂掉，也不许人动它一动。到了今天，虽然开放了，树木仍然长得下踞大地，上撑青天，而且是拥拥挤挤，树挨着树，仿佛要长到一起，长成一个树身，说是连兔子都钻不进去，绝非夸大之词。里面阔叶、针叶树都有，而以松树为主，挺拔耸峭，葱茏蓊郁，百里林海，无边无际，碧绿之色仿佛染绿了宇宙。

汽车开足了马力，沿着新近修成的盘山公路，勇往直上。在江西庐山是“跃上葱茏四百旋”，但是庐山比起长白山来真如小丘。在这里汽车究竟转了多少弯，至今好像还没有人统计过，我们当然更没有闲心再去数多少弯，但见在相当长的行驶时间内是针阔混交的树林。到了大约一千一百米以上，变成了针叶林带。到了一千八百米至二千米的地方，属于针叶的长白松突然消逝，路旁连一棵挺起身子的高树都见不到了。一片岳桦林躬着腰背，歪曲扭折，仿佛要匍匐在地上，不敢抬头。尖劲的山风，千万年来，把它们已经制得服服帖帖，趴在地上，勉强苟延残喘，口中好像是自称“奴才”，拜倒在山风脚下连呼“万岁”了。

此时，我们已经升到海拔二千米以上，比泰山的玉皇顶还要高出五六百米。以“爬山虎”著称的北京吉普车，也已累得喘起了粗气。再一看路旁，连跪在地上的岳桦林也一律不见。看到的只有死死抓住石头的青草，还是一片翠绿。但是它们也没有一棵敢向高处长的，都是又矮又粗，低头奋力伏在石头上。看来长白山狂猛的山风连小草也不放过。小草为了活命，也只有听从山风的命令了。看样子，即使小草这样俯首帖耳，忍辱负重，也还是不行的。再往上不久，石头上光秃秃的，连一根小草的影子再也不见。大概山风给小草规定下的生命地界已经到了极限。过此往上，一切青色的东西全皆不见。此处是山风独霸的天下，在宇宙间只许自己在这里狂暴肆虐，耀武扬威了。

既然山上已一无可看，我们就往山下看看吧。近处是壁立万仞，下临无地，令人看了不由得目眩股栗，赶快把眼光投向远方。大概我们宾主五人都积了善，有了余庆。我们都交了好运，天气是无比的晴朗。千里松海，尽收眼底，令人逸兴遄飞，心旷神怡。回望背后群山，山背阴处，盛夏犹有积雪。长白山真不愧“长白”之名。

可是，真出我们意想之外，汽车出了毛病，发动机忽然停止工作了，火再也打不着。司机连忙下车，搬来大石块，把车后轮垫牢。否则车一滑坡，必然坠入万丈深谷，则我们和车岂不就成了齑粉了吗？我确实有点慌了起来，但司机却说汽车患了“高山反应症”，神态自若。我真有点摸不清，他说的究竟是真话，还是笑话。但见他从容不迫，把车上的机器胡鼓捣了一阵，忽然“砰”的一声，汽车又发动起来了。我的心才又回到腔子里。汽车盘旋上山，皆大欢喜。

真正到了山顶了，我急不可待，立即开门想下车。别人想拦住我，但没有拦得住，连忙给我把制服上衣穿上，车门刚开了一个小缝，一股刺骨的寒风立即狂袭过来。原来山下气温是摄氏三十二三度，而在这里，由于没有寒暑表，不敢乱说，根据我的感觉，恐怕是在十度以下。我原以为是个累赘一点用处也没有的毛衣，这时却成了至宝。我忙忙乱乱地把它穿在制服外面，别人又在我身上蒙上了一件风雨衣。这样一来，上半身勉强对付，但是我头顶上的真正的纱帽却不行了。下面的裤子也陡然薄得如纸。现在能有一件皮袄该多好呀！我浑身哆哆嗦嗦，被三个年轻人架住双臂，推着背后，踉踉跄跄，向前迈步。山风迅猛，刺入骨髓。别提我有多么狼狈了。有人拍了一张照片，我自己还没有看到。我想，那将是我一生最为可笑的一张照片了。

但是，我的苦难历程还没有完结。我虽然已经站在我渴望已久的天池边上，却还看不到天池，一座不高不低的沙堆挡住了我们的去路。我此时实在已经是精疲力尽，想躺倒在地，不再动弹。但是，渴望了几十年，又冒酷暑不远数千里而来，难道竟能打退堂鼓功亏一篑吗？当然不行！我收集了我的剩勇，在三个年轻人的连推带拉之下，喘着粗气，终于爬上了沙丘。此时，天空虽然黑云未退，蓝色的天池却朗朗然呈现在我的眼前。

啊，天池！毕生梦寐以求，今天终于见到你了。

天池实际水面高程为二千一百九十四米，最大水深三百七十三米，是我国最高最深的淡水湖。有诗写道：“周回八十里，峭壁立池边。水满疑无地，云低别有天。”池周围屹立着十六座高峰，峰巅直刺青天，恐怕离天连三尺三都不到。时虽盛夏，险峰积雪仍然倒映池面。白雪碧波，相映成趣。山风猎猎，池面为群山所包围，水波不兴，碧平如镜。真是千真万确的大好风光，我真是不虚此行了。

但是，我一下子就想到了盛名播传四海的天池水怪。在平静的碧波下面，他们此时在干些什么呢？是在操持家务呢，还是在开会？是在制造伪劣商品呢，还是在倒买倒卖？是在打高尔夫球呢，还是在收听奥运会的广播？是在品尝粤菜的生猛海鲜呢，还是在吃我们昨天在延吉吃的生鱼片？一个个问题像连成串的珍珠，剪不断，理还乱。有人拍了一下我的肩膀，我蓦然醒了过来，觉得自己真仿佛是走了神，入了魔，想入非非，已经非非到可笑的程度了。我擦了擦昏花的老眼：眼前天池如镜，群峰似剑。山风更加猛烈，是应该下山的时候了。

我们辞别了天池，上了车，好像驾云一般，没有多少时间，就回到了山下。顺路参观了著名的长白瀑布，品尝了在温泉水中煮熟的鸡蛋，在暮霭四合中，回到了天池宾馆。

吃过晚饭，躺在床上，辗转反侧，无论如何也难以入睡。在朦朦胧胧中，我仿佛走出了宾馆。不知道怎么一来，就到了长白山巅，天池旁边。此时群山如影，万籁俱寂。天池水怪纷纷走出了水面，成堆成堆地游乐嬉戏，或舞蹈，或唱歌，或戏水，或跳跃，一时闹声喧腾，意气飞扬。我听到他们大声讲话：

“你看这人类多么可笑！在普天之下，五湖四海，争名夺利，钩心斗角，胜利了或者失败了，想出来散散心，不远千里，不远万里，冒着生命危险，来到我们这里，瞪大了贪婪罪恶的眼睛，看着天池；其实是想看一眼被他们称为‘天池怪兽’的我们。我们偏偏不露面，白天伏在深水里，一动也不动。看到他们那失望的目光，我们真开心极了！”

“我们真开心极了！”

“我们真开心极了！”

“万岁！”

“乌拉！”

此时闹声更喧腾了，气氛更热烈了——

“还有人居然想给我们拍照哩！”

“听说已经有人把照片登在报纸上了！”

“这两天又风风火火地谣传：一家电视台悬赏万金，要拍我们的照片哩！”

“真是活见鬼！”

“真是活见鬼！”

“谁要是让他拍了照，我们决定开除他的怪籍，谁说情也不行！”

“万岁！万岁！”

“乌拉！乌拉！”

此时喧声震天，波涛汹涌。我吓得浑身发抖，不知所措。赶快撒腿就跑，一下子跑到了宾馆的床上。定一定神，才知道自己刚才做了一个梦。

第二天一大早，我们就在晨光熹微中离开了天池宾馆。临行前，我曾同李铮到原始森林的边缘上去散了散步，稍稍领略了一下原始森林的情趣。抬头望着长白山顶，向天池告别。我相信，我还会回来的。但是，我向天池中的怪兽们宣誓：我决不会给他们拍照。

1992 年 8 月 8 日

写于北京大学燕园

换了人间——北戴河杂感

对我来说，北戴河并不是陌生的。新中国成立后不久，我曾来住过一些时候。

当时，我们虽然已经使旧时代的北戴河改变了一些面貌，但是改变得还不大。所以，我感到有点不调和：一方面是各式各样大大小小五颜六色的避暑别墅，掩映于绿树丛中，颇有一些洋气；另一方面，却只有一条大街，路基十分不好，碎石铺路，坎坷不平，两旁的店铺也矮小阴暗，又颇有一些土气。

今年夏天，我又到北戴河来住了几天。临来前，我自己心里想：北戴河一定改变了吧。但是，我却万万没有想到，它改变得竟这样厉害，我简直不认识它了。如果没有人陪我同来，我一定认为走错了路。这哪里是我回忆中的北戴河呢？

我回忆中的北戴河完全不是这个样子。

我们就从火车站说起吧。我回忆中当然会有一个车站，但那只是几间破旧的房子，十分荒凉。然而现在摆在我眼前的却是一片现代化的建筑，灰瓦红墙，光彩夺目。车站外还有新建的商店、公共汽车站，等等。人们熙熙攘攘，来来往往。在这一瞬间，我感觉到，我记忆中的那个破旧荒凉的北戴河车站已经永远从人间消失了。

走出车站，用洋灰铺的高级马路一直通到海滨。汽车以每小时四五十公里的速度在上面飞驶。两旁的田地里长满了高粱、豆子、老玉米等，郁郁葱葱，浓绿扑人眉宇。我上次来的时候，这一条路还是一条土路；下了大雨，交通就要断绝。我也曾因汽车不能开而被阻一日。这样的事情同今天这样一条马路无论如何也联系不起来了。

到了海滨，我那陌生的感觉就达到了顶点。除了大海还有点“似曾相识”之外，其余的东西都是陌生的。上次在这里住的时候，每逢下雨天，我总喜欢到海边来散步。在海湾拐弯的地方，我记得有一座破旧的亭子似的建筑。周围是一些小饭铺，前面是卖西瓜和香瓜的摊子。我曾在这里吃过几次瓜。远望海天渺茫，天际帆影点点，颇涉遐想，嘴里的瓜也似乎特别香甜。我很喜欢这个地方，现在很想再找到它。然而，我来往徘徊，远望海天依然渺茫，天际依然帆影点点，大海并没有变样子。可是那一座破旧的亭子却不见了。

我并没有感到失望。正相反，我感到兴奋和愉快。因为，即使那一座破旧的亭子再值得留恋，但是同今天宽广马路旁那些崭新的房子比起来，又算得了什么呢？我意识到：北戴河已经大大地变了，必须用新的眼光来看它。

我于是就走上海滩，站在那一块高出海面的大石头上，纵目四望，身后是混混茫茫的大海，眼前是郁郁葱葱的北戴河。右望东山，左望西山，山树相连，浓绿一片，真令人心旷神怡。东山我从来没有去过，现在我看到那里一幢幢的红色楼房，高出丛林之上；万绿丛中，红色点点，宛如海上仙山，引起人美妙的幻想。西山我是去过的，当时印象并不特别好。可是今天看起来，也是碧树红房，一片兴盛气象。遥想山中也有了很大的变化了吧。

北戴河已经大大改变了。

我十分兴奋、愉快。在我们辽阔的祖国的土地上，北戴河只是一个小点。只因它是一个避暑胜地，所以在比较大的地图上才能找到它的名字。然而，小中可以见大。北戴河难道不也可以算是我们祖国的缩影吗？我们祖国的飞跃进步、迅速变化，可以在北京看到，可以在上海、天津、广州等大城市看到，也可以在像北戴河这样小的地方看到。这一个事实充分说明，我们祖国面貌的改变是无远弗届的。有人认为这是奇迹，到处去寻找原因。我却只想到毛主席有关北戴河的一首词里面的一句话：

换了人间。

1962年8月14日

火焰山下

从前读《西游记》，读到火焰山，颇震惊于那火势之剧烈。听人说，火焰山影射的就是吐鲁番。可是吐鲁番我以前从未到过，没有亲身感受，对于火焰山我就只有幻想了。

万没有想到，我今天竟来到火焰山下。

火焰山果然名不虚传。在乌鲁木齐，夜里看电影，须要穿上棉大衣。然而，汽车从乌鲁木齐开出，开过达坂城，再往前走一段，一出天山山口，进入百里戈壁，迎面一阵热风就扑向车内，我们仿佛一下子落到蒸笼里面；而且是越走越热。中午到了吐鲁番县，从窗子里看出去，一片骄阳，闪耀在葡萄架上，葡萄的肥大的绿叶子好像在喘着气。有人告诉我，吐鲁番的炎热时期已经过去；我们来的前两天，气温是摄氏四十多度；今天已经“凉爽”得多了，只有三十九度。但是，从我自己的亲身感受中，同乌鲁木齐比较起来，吐鲁番仍然是名副其实的火焰山。

这让我立刻想到了非洲的马里。我曾在最热的时期访问过那个国家，气温是五十多度。我们被囚在有空调设备的屋子里，从双层的玻璃窗子看出去，院子里好像是一片火海。阳光像是在燃烧，不是像在吐鲁番一样燃烧在葡萄架上，而是燃烧在参天的芒果树上。芒果树也好像在喘着气。树下当然是有阴影的；但是连那些阴影看上去也绝不给人以清凉的感觉，而仿佛是火焰的阴影。

我眼前的吐鲁番俨然就是第二个马里。

我们就在类似马里那样炎热的一个下午驱车近百里去探望高昌古城的遗址。

一走出吐鲁番县，又是百里戈壁，寸草不生，遍布砂粒，极目天际，不见人烟。阳光毫无遮拦地照射在这些砂粒上，每一粒都闪闪发光，仿佛在喷着火焰。远处是一列不太高的山，这就是那有名的火焰山。上面没有一点绿的东西，没有一点有生命的东西。石头全是赤红色的，从远处望过去，活像是熊熊燃烧着的火焰，这不是人间的火，也不是神话中的天堂里的火和地狱之火。这是火焰已经凝固了的火，纹丝不动，但却猛烈；光焰不高，但却团聚。整个天地，整个宇宙仿佛都在燃烧。我们就处在上达苍穹下抵黄泉的大火之中。

我从前读《西游记》，读到那一段关于火焰山的描绘，我只不过觉得好玩而已。书上描绘说，离开火焰山不远，房舍的瓦都是红的，门是红的，板榻也是红的，总之是一切都是红的，连卖切糕的人推的车子也是红的。那里“有八百里火焰，四周围寸草不生。若过得山，就是铜脑盖、铁身躯，也要化成汁哩”。“八百里”当然是夸大之词；但是在我眼前，整个山全是红的，周围寸草不生，这些全是实情。我现在毫无好玩的感觉。我只有一个渴望，一个十分迫切的渴望，渴望得到铁扇公主那一把芭蕉扇，用手一扇，火焰立刻熄灭，清凉转瞬降临。

我现在很不理解，为什么当年竟在这样一个地狱似的酷热的地方建筑了高昌城。唐朝的高僧玄奘到印度去求法，曾经路过高昌。《大慈恩寺三藏法师传》里面，对他在高昌的情况有细致生动的描绘。这里讲到了城门，讲到了王宫，讲到了王宫中的重阁，讲到了王宫旁边的道场。虽然没有讲到市廛的情况；但是有上述的那些地方，则王宫之外，必然是市廛林立，行人熙攘。每当黄昏时分，夜幕渐渐笼罩住大漠，黑暗弥漫于每一个角落，跋涉过千山万水，横绝大戈壁的商队迤逦入城，驼铃叮当，敲碎了黄昏的寂静。每一间黄土盖成的房子里也必然有淡黄的灯光流出，把窄窄的长街照得朦胧虚幻，若有若无……但是今天我们来到这里，早已面目全非，城市的轮廓大体可见，城门和街道历历可指。然而看到的却只有断壁颓垣，而且还不同于一般的断壁颓垣。这里根本没有砖瓦，所有的建筑——皇宫、佛寺、大厅、住宅，统统是黄土堆成。这种黄土坚硬似铁，历千年而不变，再加上这里根本很少下雨，因此这一座黄泥堆成的城才能保存到今天。我们今天看到的是一片淡黄，没有一棵树，没有一根草。“春风不度玉门关”，春天好像已经被锁在关内，这里与春天无份了。

在这里，我无论如何也想象不出，当年玄奘来到这里是什么情景。我想象不出，他是怎样同麹文泰会面，是怎样同麹文泰的母亲会面的。他在这里住了一段时间，大概每天也就奔波于一片淡黄之中。麹文泰也像后来唐太宗一样想劝玄奘还俗。玄奘坚持不动，甚至以绝食至死相威胁，终于感动了麹文泰母子，放玄奘西行。这是多么热烈的人类生活的场面。然而今天这一些都到哪里去了呢？我一时忍不住发思古之幽情，前不见古人，后不见来者。但是我却并没有独怆然而泪下。在历史的长河中，人人都是这样，后之视今亦犹今之视昔。我丢开了这种幽情，抬眼四望，这一座黄土古城的断壁颓垣顿时闪出了异样的光辉。

第二天，我们又在同样酷热的天气中去凭吊交河古城。这座古城正处在同高昌相反的方向。从表面看上去，它同高昌几乎没有什么不同之处：一样是黄土堆成的断壁颓垣，一样是寸草不生，一样是一片淡黄。“西风残照，汉家陵阙”，一样能引起人们的思古之幽情。但是，从环境上来看，却与高昌迥乎不同。“交河”这个名称就告诉我们，它是处在两河之交的地方。

从残留的城墙上向下望，峭壁千仞，下有清流，绿禾遍野，清泉潺湲。我从前读唐代诗人李颀的诗《古从军行》：“白日登山望烽火，黄昏饮马傍交河。行人刁斗风沙暗，公主琵琶幽怨多。野云万里无城郭，雨雪纷纷连大漠。胡雁哀鸣夜夜飞，胡儿眼泪双双落。”我无论如何也想象不出，交河究竟是什么样子。今天亲身来到交河，一目了然，胸无阻滞，我那思古之幽情反而慢慢暗淡下去，而对古人所说的“读万卷书，行万里路”由衷地钦佩起来了。

就这样，我在吐鲁番住了几天，两天看了两座历史上有名的古城。这两座名城同火焰山当然不一样，但是其炎热的程度却只能说是不相上下。我上面讲到的看到火焰山时的那一个渴望得到铁扇公主芭蕉扇的幻想，时时萦绕在我脑际，一刻也不想离去。然而我的理智却让我死心塌地地相信，那只是幻想，世界上哪里会有什么铁扇公主？哪里会有什么芭蕉扇？吐鲁番这地方注定是火焰山的天下了。

然而，到了黄昏时分，当我们凭吊完古城乘车回宾馆的时候，招待我们的主人提出来要到葡萄沟去转一转。我根本不知道，葡萄沟是什么样子。“去就去吧！”我在心里平静地想，我万万没有想到，在这个地方，在这个时候，会出现什么奇迹。

可是，汽车转了几转，奇迹就在眼前出现了。两行参天的杨树整整齐齐地排在大路两旁，潺潺的水声透过杨树传了出来。浓密的葡萄架散布在小溪岸边，杨柳树下。这里绿意葱茏，浓荫四布。身上还感到有一些凉意。我一下子怔住了：我现在是在火焰山下吗？是不是真有人借来了铁扇公主的芭蕉扇把火焰扇灭了呢？我自凝神细看，绿杨葡萄，清泉潺湲，丝毫也不容怀疑。我来到葡萄沟了。

车子开上去，最后到了一座花园。园子里长满葡萄，小溪萦绕。山脚下有一个小池子，泉水从石缝中流出，其声清脆。有一群红色游鱼在池中摇摆着尾巴游来游去。我们坐在葡萄架下，品尝着有名的新疆葡萄。此时凉意渐浓，仿佛一下子从酷热的三伏来到凉爽的深秋，火焰山一下子变成了清凉世界。看来，铁扇公主的那一把芭蕉扇在唐代大概是缺少不了的。但是，到了今天，已经换了人间，这扇子就没有作用了。

新疆毕竟是一块宝地，有火焰山，也有葡萄沟，而葡萄沟偏偏就在火焰山下。这就是我们的吐鲁番，这就是我们的新疆。

1979 年 8 月 26 日在库车写成初稿

1980 年 4 月 22 日在北京修改完成

望雪山——游图利凯尔

其实，在加德满都城内，到处都可以望到雪山。六天以前，我一走下飞机，就惊异于此地山岭之多，抬眼向四周一看，几乎都是高高低低起伏如波涛的山峦。在碧绿的群山背后，有几处雪峰，高悬天际，初看宛如片片白云。白雪皑皑的峰巅，夕阳照上去，闪出耀眼的银光。

前几天，在世界佛教联谊会的大会开幕仪式上，我坐在主席台上，台下万头攒动，蓦抬头，看到远处的万古雪峰横亘天际。唐人诗说："林表明霁色，城中增暮寒。"我想改换一下："天际明雪色，城中增暮寒。"约略能够表达出当时的情景。

又过了两天，代表团中有的同志建议，到离雪山更近一点的图利凯尔去看雪山，我欣然同意。我历来对雪山有好感，但是我看到的雪山并不多。只在新疆乌鲁木齐附近的天池看过两次，觉得非常新鲜。下面是炎热的天气，然而抬头向上一看，仿佛就在不远的地方却是险峰积雪，衬着蔚蓝的晴空，愈显得像冰心玉壶；又仿佛近在眼前，抬腿就可以走到，伸手就可以抓到一把雪。实际上，路是非常遥远的。从雪峰下来的采莲人手持雪莲，向游客兜售。淡黄色的雪莲仿佛带来了万古雪峰顶上的寒意，使我们身处酷夏，而心在广寒。此情此景，终生难忘。

现在，我来到了尼泊尔。这里雪峰之多，远非天池可比。仅仅从加德满都城里面就能够看到不少。在全世界，也只有我国西藏和尼泊尔有这样多这样高的雪峰。我到这里来的时候，曾在飞机上看过雪山。那是从上面向下看。现在如果再从下面向上看一看的话，那该是多么有趣多么新鲜啊！怀着这样热切期待的心情，我们八个人立即驱车到了图利凯尔。

这个地方离雪峰近了一点，但是同加德满都比较起来也近不了多少。可是因为此地踞小峰之巅，前面非常开阔，好像是一个大山谷，烟树迷离，阡陌纵横。山谷对面，一片云雾上面就是连绵数千百里的奇峰峻岭。从这里看雪山，清晰异常。因此，多少年以来，此地就成了饱览雪山风光的胜地，外国旅游者没有不到这里来的。如果不到这里来，不管你在尼泊尔看到过多少地方，也算是有虚此行，离开之后，后悔莫及了。

今天，天公确实真是作美。早晨照例浓雾蔽天，八九点钟了，还没有消退的意思。尼泊尔朋友说，今天恐怕要全天阴天了，看雪山有点问题了。然而我们的汽车一驶出加德满都，慢慢地向上行驶的时候，天空里忽然烟消云散，一轮红日高悬中天。尼泊尔主人显然高兴起来，他们认为让中国客人看到雪山是自己的职责。我们也同样激动起来。我们不远万里而来，如果不能清晰地看一下雪山的真面目，能不终生感到遗憾吗？

在半山坡的绿草地上，早已有人铺上了白布，旁边的桌子上摆满了食品，几辆挂着国旗的小轿车停在附近，看样子是哪一个国家的大使馆的车子。大人、小孩、男男女女，在草地上溜达着，手里拿着望远镜，指指点点，大概是议论对面雪峰的名称。在我们眼前隔着那一条极为广阔的峡谷，对面群峰林立，从右到左，蜿蜒不知道有几百几千里，只见黑黝黝的一片崇山峻岭，灰色的云彩在上面飘动。简直分不清哪是云，哪是山。在这群山后面或者上面，是一座座白皑皑的万古雪峰，逶迤也不知道几百几千里，巍然耸立在那里。偶然一失神，这一座座的雪峰仿佛流动起来，像朵朵的白云飘动在灰蓝色的山峰上面。这些雪峰太高了，相距那么远，还要抬头去看。我还从来没有看到过这样多、这样高、这样白的雪峰。我知道这些雪峰下面蓝色的云团也并不是云彩，而是真正的山，仿佛比这蓝色云团再高的地方就不应该再有山峰了。可是那些飘浮在这些蓝色云团的白色的云彩，确确实实是真正的雪峰。这真可以算是宇宙奇景，别的地方看不到的了。

按照地图，从右到左，一共排列着十三座有名有姓的雪峰，在世界上都广有名声。其中有不少还从来没有被凡人征服过。上面什么样子，谁也说不清楚。人们可以幻想，大概只有神仙才能住在上面吧。过去的人确实这样幻想过，中国古代的昆仑山上不就住着神仙吗？印度古代的神话也说雪山顶上是神仙的世界。可是世界上哪里会有什么神仙呢？然而，如果说雪峰上面什么都没有，我的感情似乎又有点不甘心。那不太寂寞了吗？那样晶莹澄澈的广寒天宫只让白雪统治，不太有点煞风景了吗？我只好幻想，上面有琼楼玉宇、阆苑天宫，那里有仙人，有罗汉，有佛爷，有菩萨，有安拉，有大梵天，有上帝，有天老爷，不管哪一个教门的神灵们，统统都上去住吧。他们乘鸾驾凤，骑上猛狮、白象，遨游太虚吧。

别人看了雪山想些什么，我说不出。我自己却是浮想联翩，神驰六合。自己制造幻影，自己相信，而且乐在其中，我真有流连忘返之意了。当我们走上归途时，不管汽车走到什么地方，向右面的茫茫天际看去，总会看到亮晶晶的雪山群峰直插昊天。这白色的群峰好像是追着我们的车子直跑，一直把我们送进加德满都城。

1986 年 12 月 1 日于北京大学朗润园

西樵山

广东有两句俗话：佛山无山，南海无海。可是我们的佛山之游中竟包括了西樵山这一座真正的山，可见我们已经走出了狭义的佛山的境界，来到有山的地方来了。我缺少对广东地理的知识，手头又没有地图可查。我依稀感觉到，佛山可能是广东的一个中等市，管辖几个小的市和县。因为，在经常陪同我们参观访问的本地朋友中，有一位南海市图书馆的馆长陈志东女士，按当地的习惯说法，应该称之为“陈馆”。南海市是否是一个属于佛山市的县级市呢？

这些猜想，不管正确与否，都是无关大局的。中国古人说：“名者，实之宾也。”这些猜想都属于“名”的范畴，不过是“宾”而已。西樵深山却是“实”的，西樵山之美更是实而又实的。此时的北方正是初冬天气，虽然还没有达到“千里冰封，万里雪飘”的程度，但池塘已经结成了薄冰，屋里已经使用了暖气了。可是在广东，在佛山，却依然是阳春天气，杂花满树，群鸟飞鸣。我们的车子驶出了佛山市，真正领略到了广东的田园风光。马路两旁长满了低低的灌木丛，不知道叫什么名字。一路都看到一丛丛紫色的花，万绿丛中一团紫，确实是鲜艳动人，引人瞩目，我们北方来的几个侉子，在吃惊之余左右打听花的名字，到头来也没有打听出什么结果。

我们的车一路开上山去，这就是西樵山。山不算太高，但山路上弯子也不少。山下的田野村舍一会儿出现在车的右边；但一转瞬间又忽然出现在车的左边，当然都是居高临下的。我事前就听说，石景宜老先生就诞生在山下某一个村庄里。此时，我遥望山下，但见烟雾缭绕，树影迷离，却说不出究竟在什么地方诞生了这样一位热爱祖国，热爱祖国文化教育的奇人。我继而又想到，在这样山清水秀的地方，诞生这样嵚崎磊落的人，又是事理之必然者。想来想去，我别是一般滋味在心头。

汽车终于开上了山巅。所谓山巅，其实并没有什么云峰插天，鸟道蔽日，只是一片大平地。上面修建了旅馆、花园和其他一些设施，有点像庐山的牯岭。山顶上立着一座南海观世音菩萨站立的雕像，高达三十多米，不知道是用什么材料雕成的。谁要是想攀登上去瞻仰一下的话，要登几百级台阶。游人虽多，真正登上去的人却极少，可见攀登艰苦的程度。我们同来的人中，我是一个衰朽老翁，当然连想攀登都不敢想，其余的年轻人也都安于在下面徘徊，向上仰望。我见有人站在离台阶还很远的地方低头合掌，虚心默祷，表示对这一位救苦救难的大菩萨的敬意。但是，我幻想，如果我真正登上去的话，我会看到别有一番境界，至少也会像杜甫登泰山那样：“会当凌绝顶，一览众山小。”

我没有打听，是什么人，由于什么原因，花费这样多的财力和物力、人力，选择了这个地方，修建这样一座上凌青天的观音雕像。我却无端联想到我在欧洲进几个著名的天主教大教堂的感受。我走进了哥特式的大教堂，里面设备并不豪华，毋宁说是相当简陋；但是，如果抬头向上看，就会看到大堂极高极高的尖顶上有一缕阳光透过五彩玻璃窗流了进来。阳光到处都有，但在不同的地方会产生不同的效果。在这大教堂内部光顶上，衬托着堂内灰暗的背景，这阳光显得特别耀眼，光彩熠熠，带给人们特殊的含义和感觉，不管你信不信上面有个天堂，你总会感觉到，这神秘的光明象征着什么；如果是信徒的话，当然就会在下意识或潜意识中感觉到，上面有一个光明的天堂。

现在，在西樵山上，这一座加上底座和山包恐怕要高达百米的、“离天三尺二”高的观世音菩萨的塑像，起到同西方哥特式大教堂同样的作用。不管你是否是信徒，看到这一位慈眉善目，好像用悲天悯人的目光下视大千世界的芸芸众生，随时准备着拯救他们于苦难的大海中，心里总会有一种异样的、温暖的感觉吧。至于我自己，我研究了一辈子佛教，但从来不是佛教信徒。我尊重世界上一切正大光明的宗教的信徒，也尊重他们的宗教。因为，我认为，人与人是不相同的。有的人有宗教需要，有的人就没有，绝不能是此而非彼，厚此而薄彼。宗教信仰是个人的问题，只要能帮助我们安定团结，就是好事情，我们就没有理由不拥护。

在这西樵山顶上，树木蓊郁，空气新鲜，山风习习，净无纤尘。我们狠狠地享受了一下大自然给予我们的快乐。陶渊明的诗，“久在樊笼里，复得返自然”，好像是为我们写照。可惜世间的快乐都是短暂的，这一次也不能例外。到了我们该下山的时候了。我们的汽车沿着原路盘旋而下。走到了一个地方，看到在碧绿的山麓下，立着一座黄色的神像，背景的绿色与神像的黄色相映鲜明，十分有趣。玲玲说：那是黄大仙。我没有来得及细问黄大仙又是怎么一回事，脑袋里还是装满了南海观世音菩萨的影子，不久就回到了佛山。

西双版纳礼赞

在北京的时候，我就常常想到西双版纳。每一想到，思想好像要插上翅膀，飞呀，飞呀，不知道要飞多久，飞多远，才能飞到祖国的这一个遥远的边疆地区。

然而，今天我到了西双版纳，却觉得北京就在我跟前。我仿佛能够嗅到北京的气味，听到北京的声音，看到北京的颜色；我的一呼、一吸、一举手、一投足，仿佛都与北京人共之。我没有一点辽远的感觉。这是什么原因呢？

这原因，我最初确是百思莫解。它对我仿佛是一个神秘的谜，我左猜右猜，无论如何也猜不透。

但是，我终于在无意中得到了答案。

有一天，我们在允景洪参观一个热带植物园。一群男女青年陪着我们。听他们的口音，都不是本地人：有的来自南京，有的来自上海，有的来自湖南，有的来自江苏。尽管故乡不同，方音各异，现在却和睦融洽地生活在一起，工作在一起。在浓黑的橡胶树荫里，在五彩缤纷的奇花异草的芳香中，这些青年兴致勃勃地给我们解释每一棵植物的名称、特点、经济价值。有一个女孩子，垂着一双辫子，长着一对又圆又大又亮的眼睛，双颊像苹果一般的红艳。她浑身洋溢着青春的活力，眼睛里闪烁着动人的光芒。她正巧走在我的身旁，我就同她闲谈起来：

“你是什么地方人呢？”

“福建厦门。”

“来了几年了？”

“五年了。”

“你不想家吗？”

女孩子嫣然一笑，把辫子往背后一甩，从容不迫地说道：

“哪里是祖国的地方，哪里就是我可爱的家乡。”

我的心一动。这一句话多么值得深思玩味呀。从这些男女青年的神情上来看，他们早已把西双版纳当作自己的家乡。而我自己虽然来到这里不久，却也在不知不觉中把西双版纳当作自己的家乡了，我已经觉得它同北京没有什么差别了。

我曾不止一次地听日本朋友说到中国青年的眼睛特别亮，这个观察很细致。西双版纳的青年们，确实都像从厦门来的那个女孩子，眼睛特别明亮。这眼睛不但看到现在，而且看到将来；里面洋溢着蓬勃的热情、炽热的希望和美丽的幻想。

西双版纳是一个“黄金国”，是一个奇妙的地方，是一个能引起人们幻想的地方。到了这里，青年们的眼睛怎能不特别明亮呢?

就看看这里的树林吧。离开思茅不远，一进入西双版纳的原始密林，你就会为各种植物的那种无穷无尽、充沛旺盛的生命力所震惊。你看那参天的古树，它从群树丛中伸出了脑袋，孤高挺直，耸然而起，仿佛想一直长到天上，把天空戳上一个窟窿。大叶子的蔓藤爬在树干上，伸着肥大浓绿的胳臂，树多高，它就爬多高，一直爬到白云里去。一些像兰草一样的草本植物，就生长在大树的枝干上，骄傲地在空中繁荣滋长。大榕树劲头更大，一棵树就能繁衍成一片树林。粗大的枝干上长出了一条条的腿；只要有机会踏到地面上，它立刻就深深地牢牢地钻进去，仿佛想把大地钻透，任凭风多大，也休想动摇它丝毫。芭蕉的叶子大得惊人，一片叶子好像就能搭一个天棚，影子铺到地上，浓黑一团。总之，在这里，各种的树，各种的草，各种的花，生长在一起，纠缠在一起，长呀，长呀，长成堆，长成团，长成了一块，郁郁苍苍，浓翠欲滴，连一条蛇都难钻进去。

这里的水果蔬菜，也很惊人。一棵香蕉树能结成百上千只香蕉。肥大的木瓜，簇拥在一起，谁也不让谁；力量大的尽量扩大自己的身体，力量小的只好在夹缝中谋求生存。白菜一棵有几十斤重，拿到手里，像是满手翡翠。萝卜滚圆粗大，里面的汁水简直就要流了出来。大葱有的长得像小儿的胳臂，又白又嫩。其他的蔬菜无不肥嫩鲜美。我们初看到的时候，简直有点觉得它们大得浪费，肥得荒谬，瞠目结舌，不知道究竟应该说什么好了。

所有这一切从地里生长出来的东西，仿佛从大地的最深处带出来了一股丰盈充沛的生命活力，汹涌迸发，弥漫横溢。它在一切树木上，一切花草上，一切山之巅，一切水之涯，把这一片土地造成了美丽的地上乐园。

再说到这里的自然风光，那更是瑰丽奇伟。这里也可以说是有四季的，但却与北方不同，不是春夏秋冬，而是三个春季和一个夏季。我来到这里的时候，北方正是“千里冰封，万里雪飘”，这里却风和日暖，花气袭人，大概只能算是一个春季吧。我最爱这里的清晨，当一百只雄鸡的鸣声把我唤出梦境的时候，晓星未退，晨雾正浓。各种各样花草的香气，在雾中仿佛凝结了起来，成团成块，逼人欲醉。我最爱这里的月夜，月光像水一般从天空中泻下来，泻到芭蕉的大叶子上，泻到累累垂垂的木瓜上，泻到成丛的剑麻上，让一切都浸在清冷的银光中。芭蕉的门扇似的大叶子，剑麻的带锯齿的叶子，木瓜树的长圆的叶子，阴影投在地上，黑白分明，线条清晰。我最爱这里的白云，舒卷自如，变化万端，流动在群山深处，大树林中；流动在茅舍顶上，汽车轮下。它给森林系上腰带，给群峰戴上帽子。每当汽车驶入白云中的时候，下顾溪壑深处，白云仿佛变成了银桥，驮着汽车走向琼楼玉宇的天宫。我最爱这里的青山，簇簇拥拥，层层叠叠，身上驮满了万草千树，肚子里藏满了珍宝奇石，像是一条条翠绿的玉带，环绕着每一个坝子，千峰争秀，万壑竞幽。我最爱这，我最爱那，我最爱的东西是数也数不完的。

现在这里不但获天时，有地利，最主要的还是得人和。在过去几千年的历史上，这里是有名的瘴疠地，也是有名的民族矛盾冲突的地方。许多古书上记载着一些有关此地的骇人听闻的事情，说这里的空气满含瘴气，呼吸不得；这里的水是毒泉，喝不得；许多美丽的花草也是有毒的，摸不得，嗅不得；森林里蚊子大得像蜻蜓，毒虫肥得像老鼠，简直把这里描绘成一个人间地狱。但是，今天的西双版纳却“换了人间”，完全是另一番景象，另一个天地了。所谓蛮烟瘴雨，早为光天化日所代替，初升的朝阳照穿了神秘的原始密林。花显得更香，叶显得更绿，果实蔬菜显得更肥更大，风光显得更美更妙。工厂里的白烟与山中的白云流在一起，分不清哪是烟，哪是云；人们的歌声与林中的鸟声汇在一起，分不清哪是歌声，哪是鸟声。许多外地的、甚至外国的植物在这里安了家；许多外地的人也在这里安了家。十几个语言不同、信仰不同、服装不同、风俗不同的民族聚居在一个村子里，和睦融洽地生活在一起，工作在一起，像是一个大家庭。现在这里真正够得上称作人间乐园了。

在这样一个地方，青年们的眼睛特别明亮，他们把自己的理想和前途，同祖国的前途，同这个地方的前途联系起来，把这个地方当作了自己的家乡，这也是很自然的事情了。

从前，在距离这里不远的思茅，流行着两句话：“要下思茅坝，先把老婆嫁。”但是，今天，我们这群来参观访问的人，都一致同意把它改成：“要到思茅来，先把老婆带。”我们兴奋地相约：十年后，二十年后，我们一定要再回西双版纳来。到了那时候，西双版纳不知道究竟会美丽奇妙到什么程度。我希望，到了那时候，我能够写出比现在好的礼赞来。

1962 年 8 月

游石钟山记

幼时读苏东坡《石钟山记》，爱其文章奇诡，绘声绘色，大为钦佩，爱不释手，往复诵读，至今犹能背诵，只字不遗。但是，我从来也没有敢梦想，自己能够亲履其地。今天竟能于无意中来到这里，真正像做梦一般，用金圣叹的笔调来表达，就是“岂不快哉”！

石钟山海拔只有五十多米，摆在巍峨的庐山旁边，实在是小巫见大巫。但是，山上建筑却很有特点，在非常有限的地面上，“五步一楼，十步一阁。廊腰缦回，檐牙高啄。各抱地势，钩心斗角”。今天又修饰得金碧辉煌，美轮美奂。从山下向上爬，显得十分复杂。从怀苏亭起，步步高升，层楼重阁，小院回廊，花圃清池，佛殿明堂，绿树奇花，翠竹修篁，通幽曲径，花木禅房，处处逸致可掬，令人难忘。

这里的碑刻特别多，几乎所有的石头上都镌刻着大小不同、字体不同的字。苏轼、黄庭坚、郑板桥、彭玉麟，等等，还有不知多少书法家或非名家都在这里留下手迹。名人的题咏更是多得惊人：从南北朝至清代，名人咏石钟山之诗多达七百多首。从陶渊明、谢灵运起直至孟浩然、李白、钱起、白居易、王安石、苏轼、黄庭坚、文天祥、朱元璋、刘基、王守仁、王渔洋、袁子才、蒋士铨、彭玉麟等等都有题咏。到了此地，回忆起将近二千年来的文人学士，在此流连忘返，流风余韵，真想发思古之幽情。

此地据鄱阳湖与长江的汇流处，为历代兵家必争之地，在中国历史上几次激烈鏖兵。一晃眼，仿佛就能看到舳舻蔽天，烟尘匝地的情景。然而如今战火久熄，只余下山色湖光辉耀祖国大地了。

我站在临水的绝壁上，下临不测，碧波茫茫。抬眼能够看到赣、皖、鄂三个省份，云山迷蒙，一片锦绣山河。低头能够看到江湖汇流，扬子江之黄与鄱阳湖之绿，泾渭分明，界线清晰，并肩齐流，一泻无余，各自保持着自己的颜色，绝不相混，长达数十里。“楚江万顷庭阶下，庐阜诸峰几席间”，难道不能算是宇宙奇迹？我于此时此地极目楚天，心旷神怡，仿佛能与天地共长久，与宇宙共呼吸。不由得心潮澎湃，浮想不已。我想到自己的祖国，想到自己的民族。我们的祖先在这里勤奋劳动，繁殖生息，如今创造了这样的锦绣山河万里。不管我们目前还有多少困难与问题，终究会一一解决，这一点我深信不疑。

我真有点手舞足蹈，不知老之将至了。这一段经历我将永远记忆。

我游石钟山时，根本没想写什么东西。有东坡传流千古的名篇在，我是何人，敢在江边卖水、圣人门前卖字！但是在游览过程中，心情激动，不能自已，必欲一吐为快，就顺手写了这一篇东西。如果说还有什么遗憾的话，那就是我没有能在这里住上一夜，像苏东坡那样，在月明之际，亲乘一叶扁舟，到万丈绝壁下，亲眼看一看“如猛兽奇鬼，森然欲搏人”的大石，亲耳听一听“噌吰如钟鼓不绝”的声音。我就是抱着这种遗憾的心情，一步三回首，离开了石钟山。我嘴里低低地念着不知道是什么时候在我心中吟成的两句诗：“待到耄耋日，再来拜名山”，我看到石钟山的影子渐小渐淡，终于隐没在江湖混茫的雾气中。

1986 年 8 月 6 日七十五周岁生日，

写于庐山九奇峰下

游小三峡

愧我孤陋寡闻，虽然已届耄耋之年，而且一九五五年还畅游过一次三峡；但是，直到不久以前，我还只知有大三峡，小三峡则未之见也。

最近几年来，风闻“小三峡”这个名词，我也隐隐约约朦朦胧胧地认为，这只不过是在葛洲坝修建以后，长江上游水涨，因而形成了这个所谓“小三峡”而已。我并没有什么渴望想去游历一番。

然而，世事有大出人意料者。今年九十月之交，中国的《人民日报》与日本的《朝日新闻》联合举办“展望二十一世纪的亚洲——国际讨论会”，租了一艘长江上的豪华游轮“峨眉号”，边游三峡，边开会。我应邀参加。日程表上安排有游小三峡一项。直至此时，也还没有能引起我的注意和兴趣，我只不过觉得游一游也不错而已。

游轮驶过了闻名世界的神女峰等等景观，在巫山县停泊。

在这里换小艇进入大宁河，所谓小三峡就在这里。我此时才如梦初醒：原来还真有一个小三峡呀！

在这里，我立即注意到了一个奇怪的现象。长江水由于上游水土流失极其严重，原来的清水已经变成了黄水，同黄河差不多了，而大宁河水则尚清澈。两股水汇流处，一清一黄，大有泾渭分明之概。我的耳目为之一新，精神为之一振了。我们在大三峡中已经航行了不短的距离。大自然的瑰丽奇伟的风光，已经领略了不少。我现在虽然承认了，世上真还有一个小三峡，但是，在我下意识中又萌生了一个念头：小三峡的风光绝不会超过大三峡。如果真正超过了的话，那岂不是本末倒置了吗？

然而，这一回我又错了。小艇转入小三峡以后不久，我就不断地吃惊起来。这里的水势诚然比不上长江的混茫浩瀚，没有杜甫所说的那样“不尽长江滚滚来”的气势。然而水平如镜，清澈见底。两岸耸立的青山也与大三峡有所不同。在那里，岸边的悬崖绝壁，葱茏绿树，只能远观；有时还被罩在迷蒙的云雾中，不露峥嵘。在这里却就在我们身边，有时简直就像悬在我们头顶上，仿佛伸手就可以摸到。“峭壁千仞”，我原以为不过是一句套话。这里的峭壁真有千仞，而且是拔地而起，笔直上升。其威势之大，简直让我目瞪口呆，胆战心寒，不由得你不叹宇宙之神奇。至于碧树，真是绿到无以复加的程度。这碧绿，仿佛凝结成液体，“滴翠”二字绝不是夸张。我坐在小艇上，好像真感觉到这碧绿滴了下来，滴到了我的头上，滴到了别人头上，滴到了小艇中，滴到了清水中，与水的碧绿混在一起，幻成了一个碧绿的宇宙。

同是碧绿，并不单调。河回路转，岸上景色一时一变，大有山阴道上应接不暇之概。导游小姐口若悬河，把两岸山上的著名景观说得活灵活现。同别的名胜一样，这些景观大都同中国的珍奇动物，同民间流行的神话传说联系起来，什么熊猫洞，什么猴子捞月，什么水帘洞，什么观音坐莲台，等等，等等。如果她不说，你或许不会想到。但是，经她一指点，则就越看越像，不得不佩服当地老百姓幻想之丰富了。

两岸山上，也有不是幻想的东西，确确实实是人工造成的东西，比如栈道。在悬崖峭壁上，我看到一排相隔一二尺的小方洞，是人工凿成的。方洞中插上木板，当年拉纤的奴隶就赤足走在上面。据说这样的栈道竟长达四百里。我们很容易想象出，这玩意儿有多么危险。还比如悬棺，也同样是凿在悬崖峭壁上的洞，这个洞当然要大得多，大得能容下一口棺材。我们今天很难想象，这棺材是怎样抬上去的。在中国的西南一带，有悬棺的地方颇为不少。这可能是当地民族的一种特殊的风习。

正当大家聆听导游小姐生动的讲解，欣赏两岸高山的名胜古迹时，忽然有人大喊了一声：

“猴子！猴子！”

全艇的人立刻活跃起来。我虽然老眼昏花，此时也仿佛得到了神力，似乎能明察秋毫了。我抬头向右岸的山崖上绿树丛中望过去，果然看到几只猴子，在树枝上跳来跳去。灰黄色的皮毛衬上了树的碧绿，仿佛凸出来似的，异常清晰明显。

艇上的中日人士都熟悉唐代大诗人李白的那一首著名的诗：

朝辞白帝彩云间，
千里江陵一日还。
两岸猿声啼不住，
轻舟已过万重山。

这是多么美妙无比的情景啊！可惜的是，三峡的猿声早已消逝，很久以来就没有能听到了。我曾担心，我们的子子孙孙永远再也没有可能欣赏李白诗中的意境了。然而，眼前，就在这小三峡中，猴子居然又露了面，为小三峡增加美妙，为人类增添欢乐，我们艇上这一群人的兴奋和喜悦，还能用言语来表达吗？

全艇的人兴会淋漓，谈笑风生。本来已经够美妙绝伦的山水，仿佛更增添了几分妩媚，山仿佛更清，水仿佛更秀，连小艇也仿佛更轻，飞速地驶在绿琉璃似的水面上，撞碎了天空中白云的倒影，撞碎了青峦翠峰的倒影。我们此时真仿佛离开了人间，飘飘然驶入仙境了。

由于时间关系，我们无法走到小三峡的尽头，也就是大宁河能通航的一百二十公里。走了大约一半的路程，我们的小艇就转回头来，走上归程。

沿岸的风光我们已经看过一遍，用不着再讲解、翻译。活泼的导游小姐也坐下来休息了。又因为此时已是顺水行舟，艇速极快。艇上的人也多半坐在那里，自由交谈，甚至有人在闭目养神。一切都比较清静，没有来时那样的兴奋和激动了。

然而日本学者却突然又兴奋活跃起来。他们站起身来，又是招手，又是欢笑。原来他们在一艘逆水而上的游艇上看到了日本前首相中曾根康弘，他也来游小三峡了。这真是一次意想不到的事情。两艘游艇，一只上水，一只下水，擦肩而过，只在一瞬间。可艇中的宁静的气氛再也保持不下去了。中日双方的学者们，还有专程陪我们游览的县委书记和随从们，精神又都抖擞起来，小艇又载满了欢声笑语了。

我在这里顺便插上几句话。回到北京以后，我在《人民日报》上读到了林林同志翻译的中曾根的俳句《小三峡舟行》:

一泓秋水分山脉，
波光何碧绿。
伴赤壁凝立，
望澄澈之秋空。

可见此时不是政治家而是诗人的中曾根康弘先生是多么陶醉于中国的山水中而诗兴淋漓了。

回头再说我们小艇中的情景。大家看到了日本的首相来游中国的小三峡，可见小三峡吸引力之大。大家把话题一转，自然而然就转到了中日山水的比较上。日本全国山清水秀，几乎可以说，全国就是一个大花园。日本人爱美之心和洁癖，扬名世界。每一个家庭，门前总有一个小花园。哪怕只有一丈见方，也必然栽上一棵松树，种上一些花草，看上去美妙无比，真令人赏心悦目。天然景色也并不缺少，像富士山、箱根等等著名的风景胜地，更真正能拴住游者的心。但是，日本毕竟是一个岛国，地方是有限的，像中国的大小三峡，在日本是无法想象的。即使造物主想对日本垂青，他也无法把大小三峡安放在日本列岛上。这是再明显不过的事实。

大家七嘴八舌，畅谈不休。日本朋友看上去也非常兴奋，兴致很高。他们心里怎么想，我当然不得而知。然而在这气象恢宏、鬼斧神工般的小三峡中，大自然景观的威力压在每一个人头上，令人目眩神移，谁也无法否认摆在眼前的这个事实了。

对我个人来讲，过去不知道有多少次了，我目击祖国的名山大川，常常感慨万端。过去我朦朦胧胧不甚了了的小三峡，现在又摆在我的眼前，我说不出话来。自然的伟大和威力，我这一支拙笔是描绘不出来的。我虔心默祝，感谢大自然独垂青于我中华，独钟爱我们的赤县神州。我感到骄傲，感到光荣，觉得我们这一片土地真是非常可爱的。这种感觉或者感情，将永远保留在我内心深处。

1992年11月24日

飞越珠穆朗玛峰

我们的专机从北京起飞，云天万里，浩浩茫茫，大约三个多小时以后，机上的服务人员说，下面是西藏的拉萨。我们赶快转向机窗，瞪大了眼睛向下看：雪峰林立，有如大海怒涛，在看上去是一个小山沟沟里，错错落落，有几处房舍，有名的布达拉宫，白白的一片，清清楚楚地映入我们的眼帘。

一转瞬间，下面的景象完全变了。雅鲁藏布江像一条深绿色的带子蜿蜒于万山丛中。中国古代谢朓的诗说“澄江静如练”，我们现在看到的却不是一条白练，而是一条绿玉带。

又过了不久，机上的服务人员又告诉我们说，下面是珠穆朗玛峰。我们又赶快凭窗向下张望。但是万山耸立，个个都戴着一顶雪白的帽子，都是千古雪峰，太阳照在上面，发出刺眼的白光，真可以说是宇宙奇观。可是究竟哪一个是珠峰呢？机组人员中形成了两个“学派”：一个是机右说，一个是机左说。我们都是外行，听起来，公说公有理，婆说婆有理，也没有法子请出一个权威来加以评断。难道能请珠峰天女自己来向我们举手报告吗？

此时一秒值千金，我无暇来参加两个学派的研讨，我费上最大的力量，把眼睛瞪大到最大可能的限度，下望万峰千岭。有时候我觉得这一座山峰像是珠峰，但是一转瞬间，另一座雪峰突兀峥嵘，同我想象中的珠峰相似。我似乎看到了峰顶插着的五星红旗在迎风招展，给皑皑的白雪涂上了胭脂似的鲜红。我顾而乐之，陶醉在自己的想象中。

但是飞机只是不停地飞，下面的山峦也在不停地变幻，我脑海里的想法跟着不停地变化。说时迟，那时快，飞机已经飞越雪峰的海洋。我没有别的办法，只有这样来安慰自己：不管哪一座雪峰是珠峰，既然我望眼欲穿地看了那么多的山峰，其中必有一个是真正的珠峰，我总算看到这个大千奇迹世界的最高峰了。我心里感到安慰，感到高兴。这种感觉一直陪伴我到了尼泊尔的首都加德满都。

1986年11月25日凌晨于加德满都苏尔提宾馆

石林颂

我怎样来歌颂石林呢？它是祖国的胜迹，大自然的杰作，宇宙的奇观。它能使画家搁笔，歌唱家沉默，诗人徒唤奈何。

但是，我却仍然是非歌颂它不可。在没有看到它以前，我已经默默地歌颂了它许多许多年。现在终于看到了它，难道还能沉默无言吗？

在不知道多少年以前，我就听人们谈论到石林，还在一些书上读到有关它的记载。从那时候起，对这样一个神奇的东西，我心里就埋上了一颗向往的种子。以后，我曾多次经过昆明，每次都想去看一看石林；但是，每次都没能如愿，空让那一颗向往的种子寂寞地埋在我的心里，没有能够发芽、开花。

我曾有过种种的幻想。我把一切我曾看到过的同“石”和“林”有关的东西都联系起来，构成了我自己的“石林”。我幻想：石林就像是热带的仙人掌，一根一根竖在那里，高高地插入蔚蓝的晴空。我幻想：石林就像是木变石，不是一株，而是千株万株，参差不齐，错错落落，汇成一片大森林。我又幻想：石林就像是一堆太湖石，玲珑剔透，嵯峨巉岩，布满了一座美丽的大花园。我觉得，自己创造出来的这些形象都是异常美妙的，我沉湎于自己的幻想中。

然而今天，我终于亲眼看到石林了。我发现，不管我那些幻想是多么奇妙，多么美丽，相形之下，它们都黯然失色，有些简直显得寒碜得可笑了。我眼前的石林完全不是那个样子。

走到离开石林还有十几里路的地方，我就看到一块块的灰色大石头耸立在稻田中，孤高挺直，拔地而起，倒影映在黄色的水面上，再衬上绿色的禾苗，构成一幅秀丽动人的图画。这些石头错错落落地站在那里，从远处看去，就像是一团团的乌云，像是一头头的野象，又像是古代神话中的巨人，手执刀枪，互相搏斗。我兴奋起来了，自己心里想：石林原来是这个样子呀！

然而，过了不久，我就发现，石林也还不完全就是这个样子。

到了石林的最胜处，我看到一块块的青灰色的大石头，高达几十丈几百丈，仿佛是给魔术师从大地深处咒出来似的，盘根错节，森森棱棱，形成了一座巨大的迷宫。这些石头都洋溢着无穷无尽的力量，威慑地挺立在我们眼前。迷宫里面千门万户，窦窍玲珑，说不清有多少曲洞，数不清有多少幽洞。我仿佛走进了古代的阿房宫，“五步一楼，十步一阁。廊腰缦回，檐牙高啄。各抱地势，钩心斗角”。一条条的羊肠小道，阴暗崎岖。一处处的岩穴洞府，老藤穿壁，绿苔盈阶。有时候，我以为没有路了，但是转过一座石壁，却豁然开朗，眼前有清泉一泓，参天怪石倒映其中，显得幽深邈远，恍如仙境；有时候，我以为有路，但是穿涧越洞，猱升蛇行，爬得我昏头昏脑，终于还是碰了壁，不得不回头另找出路；也有时候，我左转右转，上上下下，弯腰曲背，碰头擦臂，以为不知道已经走了多远，然而站下来，定睛一看，原来又回来了。我就像是陷入了八阵图中，心情又紧张，又兴奋。

但是，在紧张和兴奋中，我并没有忘记欣赏四周的瑰奇伟丽的景色。面对着各种各样的怪石头，我的脑海里映起了种种形象。我有时候想到古代希腊的雕塑，于是目光所到之处，上下左右，全是精美的雕塑，有留着小胡子的阿波罗，有断了一只胳臂的维纳斯，我仿佛到了奥林匹斯神山之上，身处群神之中。我有时候想到“曹衣出水，吴带当风”这两句话，眼前立刻就出现了一幅幅吴道子的绘画，笔触遒劲，力透纸背。一转眼，我眼前又仿佛出现了一座古罗马的大剧院，四周围着粗大的石柱，一根根都有撑天的力量。稍微换一个角度，我又看到南印度海边上用一块块大石头雕成的婆罗门教的神庙，星罗棋布地排在那里。再向前走两步，迎面奔来一群野象，一个个甩起了长大的鼻子，来势汹汹，漫山遍野。然而，眼睛一眨，野象又变成了狮子，大大小小，跳踉游戏，爪子对着爪子，尾巴缠住尾巴，我仿佛能听到它们的吼声。如果眼睛再一眨，野兽就突然会变成花朵。这里是一朵云南名贵的茶花，那里是一朵北地蜚声的牡丹，红英映日，绿萼蔽天。这里是芙蓉花来自阆苑仙境，那里是西方极乐世界里的红莲。只要我心思一转，花朵又转成了人物。仙人骑着丹顶鹤驾云而至，阿罗汉披着袈裟大踏步地走下兜率天……

我左思右想，眼花缭乱。眼前这一片森森棱棱的石头仿佛都活了起来，它们仿佛都具有大神通力，变化多端。我想到什么东西，眼前就出现什么东西。也可以说，眼前出现什么东西，我就想到什么东西。我平常总认为自己并不缺乏想象力。可是今天面对着这一堆石头，我的想象却像是给剪掉了翅膀，没法活动了。我只好停下来，干脆什么都不想，排除一切杂念，让自己的心成为一面光洁的镜子，这一堆鬼斧神工凿成的大石头就把自己的影子投入我这一面晶莹澄澈的镜中。

我现在觉得，倒是本地人民的幻想要比我的幻想好得多。他们是这样说的——有一天，仙人张果老用鞭子赶着一群石头，想把南盘江口堵住，把路南一带变成大海，让村庄淹没，人畜死亡。这时候，正巧有一对青年男女在旷野里谈情说爱。他们看到这情形，就同张果老打起来。结果神仙被打败了，一溜烟逃走，丢下这一群石头，就变成了现在的石林。

这幻想的故事是多么朴素，但又多么含义深远呀！相形之下，自己那些幻想真显得华而不实、毫无意义了。我于是更下定了决心，不再胡思乱想，坐对群石，潜心静观，让它们把影子投入我心里那一面晶莹澄澈的镜中。

但是，我却无论如何也抑压不住自己的激情，我不能沉默无言。石林能使画家搁笔，歌唱家沉默，诗人徒唤奈何。我既非画家，又非歌唱家，更非诗人。我只能用这样粗鄙的文字，唱出我的颂歌。

1962 年 1 月末在思茅写成初稿

6 月 11 日在北京重写

第二辑

畅览 楼台 涌文思

登蓬莱阁

去年，也是在现在这样的深秋时分，我曾来登过一次蓬莱阁。当时颇想写点什么，只是由于印象不深，自己也仿佛没有进入“角色”，遂致因循拖延，终于什么也没有写。现在我又来登蓬莱阁了，印象当然比去年深刻得多，自己也好像进入了“角色”，看来非写点什么不行了。

蓬莱阁是非常出名的地方，也可以说是“蓬莱大名垂宇宙”吧。我在来到这里以前，大概是受蓬莱三山传说的影响，总幻想这里应该是仙山缥缈，白云缭绕，仙人宫阙隐现云中，是洞天福地，蓬莱仙境，不食人间烟火。至少应该像《西游记》描绘镇元大仙的万寿山那样：

高山峻极，大势峥嵘。根接昆仑脉，顶摩霄汉中。白鹤每来栖桧柏，玄猿时复挂藤萝。……麋鹿从花出，青鸾对日鸣。乃是仙山真福地，蓬莱阆苑只如然。

然而，眼前看到的却不是这种情况。只不过是一些人间的建筑，错综地排列在一个小山头上。我颇有一些失望之感了。

既然是在人间，当然只能看到人间的建筑。从这个标准来看，蓬莱阁的建筑还是挺不错的：碧瓦红墙，崇楼峻阁，掩映于绿树丛中。这情景也许同我们凡人更接近，比缥缈的仙境更令人赏心悦目。一进入嵌着“丹崖仙境”四个大字的山门，就算是进入了仙境。所谓“丹崖”，指的是此地多红石，现在还有四大块红石耸立在一个院子里面。这几块石头不是从别的地方搬来的，而是与大地紧紧地连在一起，原来是大地的一部分，其名贵也许就在这里吧。

进入天后宫的那一层院子，最引人注目的还不是天后的塑像和她那两间精致的绣房中的床铺，而是那一株古老的唐槐。这一棵树据说是铁拐李种下的，它在这仙境里已经生活了一千多年了，虽然还没有“霜皮溜雨四十围，黛色参天二千尺”；但是老态龙钟，却又枝叶葱茏，浑身仙风道骨，颇有一点非凡的气概了。我想，一看到这样一棵古树，谁也会引起一些遐思：它目睹过多少朝代的更替，多少风流人物的兴亡，多少度沧海桑田，多少次人事变幻，到现在依然青春永葆，枝干挺秀。如果树也有感想的话，难道它不应该大大地感喟一番吗？我自己却真是感慨系之，大有流连徘徊不忍离去之意了。

回头登上台阶，就是天后宫正殿。正中塑着天后的像，俨然端坐在上面。天后是海神。此地近海，渔民天天同海打交道；大海是神秘难测的，它有波平浪静的一面，但也有波涛汹涌的一面。自古以来，不知道有多少渔民葬身波涛之中。他们迫不得已，只好乞灵于神道，于是就出现了天后。我们南海一带都祭祀天后。在这个端庄美丽的女神后边，不知道包含着多少血泪悲剧啊！在我上面提到的左右两间绣房中，床上的被褥都非常光鲜美丽。据说，天后有一个习惯：她轮流在两间屋子里睡觉。为什么这样？其中定有道理。但这是神仙们的事，我辈凡夫俗子还是以少打听为妙，还是欣赏眼前的景色吧！

到了最后一层院子，才真正到了蓬莱阁。阁并不高，只有两层。过去有诗人咏道：“登上蓬莱阁，伸手把天摸。”显然是有点夸张。但是，一登上二楼，举目北望，海天渺茫，自己也仿佛凌虚御空，相信伸手就能摸到天，觉得这两句诗绝非夸张了。谁到这里都会想到蓬莱三山的传说，也会想到刻在一个院子里两边房墙上的四句话：

登上蓬莱阁，
人间第一楼。
云山千里目，
海岛四时秋。

现在不正是这样子吗？我自己也真感觉到，三山就在眼前，自己身上竟飘飘有些仙气了。

多少年来就传说，八仙过海正是从这里出发的。阁上有八仙的画像，各自手中拿着法宝，各显神通，越过大海。八仙中最引人注目的当然是吕洞宾。提起此仙，大大有名。全国许多地方都有关于他的神话传说。据说，吕洞宾并不姓吕。有一天，他同妻子到山洞里去逃难，这两口子住在洞中，相敬如宾，于是他就姓了吕，而名洞宾。这个故事很有趣，但也很离奇，颇难置信。可是，我觉得，这同天后的床铺一样，是神仙们的私事，我辈凡夫俗子还是以少谈为妙，且去欣赏眼前的景色吧！

眼前景色是美丽而有趣的。我们在楼上欣赏窗外的景色。楼中间围着桌子摆了许多把古色古香的椅子，正中一把太师椅，据说是吕洞宾坐过的；谁要坐上，谁就长生不老。我们中吕叔湘先生年高德劭，又适姓吕，于是就被大家推举坐上这一把太师椅，大家哄然大笑。我们虔心祷祝吕先生真能长生不老！

在这楼上，人人看八仙，人人说八仙，人人听八仙，人人不信八仙，八仙确实是太渺茫无稽了。但是，从这里能看到海市蜃楼却是真实的。我从前从许多书上，从许多人的嘴里读到、听到过海市的情景，心向往之久矣。只是海市极难看到。宋朝的大文学家苏轼，曾在登州做过五天的知府。他写过一首诗，叫作《登州海市》，还有一篇短短的序言，我现在抄一下：

予闻登州海市旧矣。父老云："尝见于春夏，今岁晚不复见矣。"予到官五日而去，以不见为恨，祷于海神广德王之庙，明日见焉，乃作此诗。

东方云海空复空，群仙出没空明中。
荡摇浮世生万象，岂有贝阙藏珠宫。
心知所见皆幻影，敢以耳目烦神工。
岁寒水冷天地闭，为我起蛰鞭鱼龙。
重楼翠阜出霜晓，异事惊倒百岁翁。
人间所得容力取，世外无物谁为雄。
率然有请不我拒，信我人厄非天穷。
潮阳太守南迁归，喜见石廪堆祝融。
自言正直动山鬼，岂知造物哀龙钟。
伸眉一笑岂易得，神之报汝亦已丰。
斜阳万里孤鸟没，但见碧海磨青铜。
新诗绮语亦安用，相与变灭随东风。

在这里，苏东坡自己说，祷祝成功，海市出现。但是，给我们导游的那个小姑娘却说，苏轼大概没有看到海市；因为他待的时间很短，而且是岁暮天寒之际。究竟相信谁的话呢？我有点怀疑，苏轼是故弄玄虚，英雄欺人。他可能是受了韩愈祝祷衡山的影响："潜心默祷若有应，岂非正直能感通，须臾静扫众峰出，仰见突兀撑青空。"他的遭遇同韩文公差不多，他们俩都认为自己是"正直"的。韩文公能祝祷成功（实际上也未必），为什么自己就不行呢？于是就写了这样一首诗，写得有鼻子有眼，仿佛亲眼看到一般。但是，这只是我个人的怀疑，又焉知苏轼的祝祷不会适与天变偶合、海市在不应该出现的时候出现了呢？我实在说不清楚。古人的事情令人实在难以判断啊！反正登州人民并不关心这一切，尽管苏轼只在这里待了五天，他们还是在蓬莱阁上给他立庙塑像，把他的书法刻在石头上，以垂永久。苏轼在天有灵，当然会感到快慰吧。

我们游遍了蓬莱阁，抚今追昔，幻想迷离。八仙的传说，渺矣，茫矣。海市蜃楼又急切不能看到，我心里感到无名的空虚。在我内心的深处，我还是执着地希望，在蓬莱阁附近的某一个海中真有那么一个蓬莱三山。谁都知道，在大自然中确实没有三山的地位。但是，在我的想象中，我宁愿给蓬莱三山留下一个位置。"山在虚无缥缈间"，就让这三山同海市蜃楼一样，在虚无缥缈间永远存在下去吧，至少在我的心中。

1985 年 10 月 26 日写完

琼楼玉宇，高处不胜寒

阿格拉是有名的地方，有名就有在泰姬陵。世界舆论说，泰姬陵是不朽的，它是世界上多少多少奇之一。而印度朋友则说："谁要是来到印度而不去看泰姬陵，那么就等于没有来。"

我前两次访问印度，都到泰姬陵来过，而且两次都在这里过了夜。我曾在朦胧的月色中来探望过泰姬陵。整个陵寝在月光下幻成了一个白色的奇迹。我也曾在朝暾的微光中来探望过泰姬陵，白色大理石的墙壁上成千上万块的红绿宝石闪出万点金光，幻成了一个五光十色的奇迹。总之，我两次都是名副其实地来到了印度。这一次我也决心再来；否则，我的三访印度，在印度朋友心目中就成了两访印度了。

同前两次一样，这一次也是乘汽车来的。车子下午从德里出发，一直到黄昏时分，才到了阿格拉。泰姬陵的白色的圆顶已经混入暮色苍茫之中。我们也就在苍茫的暮色中找到了我们的旅馆。从外面看上去，这旅馆砖墙剥落，宛如年久失修的莫卧儿王朝的废宫。但是里面却是灯光明亮，金碧辉煌，完全是另一番景象。房间都用与莫卧儿王朝有关的一些名字标出，使人一进去，就仿佛到了莫卧儿王朝；使人一睡下，就能够做起莫卧儿的梦来。

我真的做了一夜莫卧儿的梦。第二天一大早，我们就赶到泰姬陵门外。门还没有开。院子里，大树下，弥漫着一团雾气，掺杂着淡淡的花香。夜里下过雨，现在还没有晴开。我心里稍有懊恼之意：泰姬陵的真面目这一次恐怕看不到了。

但是，突然间，雨过天晴云破处，流出来了一缕金色的阳光，照在泰姬陵的圆顶上，只照亮一小块，其余的地方都暗淡无光，独有这一小块却亮得耀眼。我们的眼睛立刻明亮起来：难道这不就是泰姬陵的真面目吗？

我们走了进去，从映着泰姬陵倒影的小水池旁走向泰姬陵，登上了一层楼高的平台，绕着泰姬陵走了一周，到处瞭望了一番。平台的四个角上，各有一座高塔，尖尖地刺入灰暗的天空。四个尖尖的东西，衬托着中间泰姬陵的圆顶那个圆圆的东西，两相对比，给人一种奇特的美。我想不出一个适当的名词来表达这种美，就叫它几何的美吧。后面下临阎牟那河。河里水流平缓，有一个不知什么的东西漂在水里面，一群秃鹫和乌鸦趴在上面啄食碎肉。秃鹫们吃饱了就飞上栏杆，成排地蹲在那里休息，傲然四顾，旁若无人。

我们就带着这些斑驳陆离的印象，回头来看泰姬陵本身。我怎样来描述这个白色的奇迹呢？我脑筋里所储存的一切词汇都毫无用处。我从小念的所有的描绘雄伟的陵墓的诗文，也都毫无用处。“碧瓦初寒外，金茎一气旁。山河扶绣户，日月近雕梁。”多么雄伟的诗句呀！然而，到了这里却丝毫也用不上。这里既无绣户，也无雕梁。这陵墓是用一块块白色大理石堆砌起来的。但是，无论从远处看，还是从近处看，却丝毫也看不出堆砌的痕迹，它浑然一体，好像是一块完整的大理石。多少年来，我看过无数的泰姬陵的照片和绘画；但是却没有看到有任何一幅真正地照出、画出泰姬陵的气势来的。只有你到了泰姬陵跟前，站在白色大理石铺的地上，眼里看到的是纯白的大理石，脚下踩的是纯白的大理石；陵墓是纯白的大理石，栏杆是纯白的大理石，四个高塔也是纯白的大理石。你被裹在一片纯白的光辉中，翘首仰望，纯白的大理石墙壁有几十米高，仿佛上达苍穹。在这时候，你会有什么样的感觉，我不知道。反正我自己仿佛给这个白色的奇迹压住了，给这纯白的光辉网牢了，我想到了苏东坡的词：“琼楼玉宇，高处不胜寒。”我自己仿佛已经离开了人间，置身于琼楼玉宇之中。有人主张，世界上只有阴柔之美与阳刚之美。把二者融合起来成为浑然一体的那种美，只应天上有。我眼前看到的就是这种天上的美。我完全沉浸在这种美的享受中，忘记了时间的推移。等到我从这琼楼玉宇中回转来时，已经是我们应该离开的时候了。

从泰姬陵到红堡是一条必由之路，我们也不例外。到了红堡，限于时间我们只匆匆地走了一转。莫卧儿王朝的这一座故宫，完全是用红砂岩筑成的。如果说泰姬陵是白色的奇迹的话，那么这里就是红色的奇迹。但是，我到了这里，最关心的却是一块小小的水晶。据说，下令修建泰姬陵的沙贾汗，晚年被儿子囚了起来。他本来还准备在阎牟那河这一边同河对岸泰姬陵遥遥相对的地方，修建一座完全用黑色大理石砌成的陵墓，如果建成的话，那将是一个不折不扣的黑色的奇迹。然而在这黑色的奇迹出现以前，他就失去了自由，成为自己儿子的阶下囚。他天天坐在红堡的一个走廊上，背对着泰姬陵，凝神潜思，忍忧含悲，目不转睛地注视着镶嵌在一个柱子上的那一块水晶，里面反映出整个泰姬陵的影像。月月如此，天天如此，这位孤独的老皇帝就这样度过了他的残生。

这个故事很有些浪漫气息。几百年来，也打动了千千万万好心人的心弦，滴下了无数的同情之泪。但是，我却是无泪可滴。我上一次来的时候，印度朋友曾告诉过我，就在这走廊下面那一片空地上，莫卧儿皇帝把囚犯弄了来，然后放出老虎，让老虎把人活活地吃掉。他们坐在走廊上怡然欣赏这一幕奇景。这样的人，即使被儿子囚了起来，我难道还能为他流下什么同情之泪吗？这样的人，即使对死去的爱姬有那么一点情意，这种情意还值得几文钱呢？我正在胡思乱想的时候，红堡城墙下长着肥大的绿叶子的树丛中，虎皮鹦鹉又叽叽喳喳叫了起来。这种鸟在中国是会被当作珍禽装在精致的笼子里来养育的。但是在阿格拉，却多得像麻雀。有那么一个皇帝，再加上这些叽叽喳喳的虎皮鹦鹉，我的游兴已经索然了。那些充满了浪漫气氛的故事对于我已经毫无吸引力了。

我走下了天堂，回到了现实。人间和现实是充满了矛盾的；但是它们又确实是美的。就是在阿格拉也并非例外。二十七年前，当我第一次到阿格拉来的时候，我在旅馆中遇到的一件小事，却使我忆念难忘。现在，当我离开了泰姬陵走下天堂的时候，我不由得又回忆起来。

我们在旅馆里看一个贫苦的印度艺人让小黄鸟表演识字的本领，又看另一个艺人让眼镜蛇与獴决斗。两个小动物都拼上命互相搏斗，大战了几十回合，还不分胜负。正在看得入神的时候，我瞥见一个印度青年在外面探头探脑。他的衣着不像一个学生，而像一个学徒工。我没有多加注意，仍然继续观战。又过了不知多少时候，我又一抬头，看到那个青年仍然站在那里，我立刻走出去。那个青年猛跑了几步，紧紧地抓住了我的手，我感觉到他的手有点颤抖。他递给我一个极小的小盒，透过玻璃罩可以看到，里面铺的棉花上有一粒大米。我真有点吃惊了，这一粒大米有什么意义呢？青年打开小盒，把大米送到我眼底下，大米上写着“印中友谊万岁”几个字，只能用放大镜才能看得清楚。他告诉我，他是一个学徒工，最热爱新中国，但却从来没有机会接触一个中国人。听说我们来了，他便带了大米来看我们。从早晨等到现在，中午早已过了，但是几次被人撵走。现在终于见到中国朋友了，他是多么兴奋啊！我接过了小盒，深深地被这个淳朴的青年感动了。我握住了他的手，心里面思绪万千，半天没有说出话来。我一直目送这个青年的背影消失在大街上熙熙攘攘的人群中，才转回身来。

泰姬陵是美的，是不朽的。然而，人们心里的真挚感情不是比泰姬陵更美，更不朽吗？上面说的这件小事，到现在，已经过了二十七年，在人的一生中，二十七年是一段漫长的时间。可是，不管我什么时候想起这件小事，那个学徒工的影像就栩栩如生地浮现在我的眼前。现在他大概都有四五十岁了吧。中间沧海桑田，世间多变。但是我却不相信，他会忘掉我，会忘掉中国，正如我不会忘掉他一样。据我看，这才是真正的美，真正的不朽。是美的、不朽的泰姬陵无法比拟的美，无法比拟的不朽。

1978 年

大觉寺

我为什么对大觉寺情有独钟呢？这问题提得很自然，但又显得颇为突兀。我似乎能答复，又似乎还不能。

将近七十年前，当我在清华园读书的时候，北京的古寺名刹，我都是知道的，什么潭柘寺、戒台寺、碧云寺、卧佛寺等等，我都清楚。当时既无公共汽车，连自行车都极少见。我曾同一些伙伴“细雨骑驴登香山”。雨中山清水秀，除了密林深处间或有小鸟的啁啾声外，几乎是万籁俱寂。我绝非像陆放翁那样的诗人，但是，此时此地心中却溢满了诗意。“此中有真意，欲辩已忘言”，实不足为外人道也。

可是，大觉寺这个古刹，我却是没有听说过的，它对我完全是陌生的。原因大概是，这一座千年古刹在当时已经凋零颓败，再没有参观旅游的价值，被人们弃若敝屣了。

时间一下子跳过了五十年，我已届古稀之年，可以说是一个地地道道的老人了，可是我偏一点老的感觉都没有，有时候还会忽发少狂。此时，大觉寺已经名传遐迩，那一棵有三百年树龄的“玉兰之王”就生长在大觉寺中，每年春天花发时总会吸引众多的游人前去观赏。

80年代初的一个春天，听说“玉兰之王”正在繁花怒放，我于是同大泓和二泓骑自行车，长驱三四十公里，到大觉寺去随喜。走在半路上，想停车休息一会儿，我的双腿已经麻木，几乎下不了车。幸亏有了两个孩子的扶掖，才勉强再登上了车，鼓起余勇，一鼓作气，终于到达了大觉寺。

人们，其中包括一些学者们，常说：第一个印象是最准确、最清晰，因而也就是最符合实际情况、最可靠的印象。我对大觉寺的第一个印象怎样呢？山门虽不新，但也没有给人以寥落颓败之感，想必是在过去五十年中修缮过一次，所以才有现在这个情况。这一天来的人多如过江之鲫，到处人声喧阗，古寺的沉寂完全被打破。好不容易挤进了寺门，只见殿阁庄严，花木葳蕤。丁香、藤萝已经开过，只剩下绿叶肥大。最引人注目的是那几棵千年古松柏，树身如苍龙盘曲，尖顶直刺入蔚蓝的晴空，使人看了，精神立刻为之一振。我们先看了北玉兰院的几棵玉兰，花开得正茂密。最后转到南玉兰院，看那一棵玉兰之王。躯干极粗，但是主干已锯掉，只剩下旁枝，至少已有上百年的历史；但是比起三百余年的主干，仍然如小巫见大巫。此时玉兰花正在怒放，花开得茂密压枝，与之相对的是一棵树龄比较小一点的紫玉兰。两棵树一白一紫，相映成趣。大地的无限活力仿佛都随着花朵喷涌出来。无论谁看了，都会感到生命力的无穷无尽；都会感到人间的可爱，人间净土就在眼前；都会油然产生凌云的壮志。我们也都兴会淋漓，又走上后山，看了水泉。然后出寺野餐，又骑上自行车，回到了燕园，留下了终生难忘的记忆。

时间又一下子跳了将近二十年。我已经到了望九之年，垂垂老矣。两年前，我忽然接到一份请柬，要我到大觉寺去为明慧茶院开院典礼剪彩。这使我有点惊愕：大觉寺怎么会同什么明慧茶院联系到一起呢？我准时去了，这是我第三次进大觉寺。此时此地，如果在江南正是“杂花生树，群莺乱飞”的季节，现在这里却只有杂花，而无群莺。寺内外已加修缮，特别是从南玉兰院一直到后面上面水泉楼一路几层院落，修饰得美轮美奂，金碧辉煌，雕梁画栋，熠熠闪光，简直是换了人间，大非昔比了。可惜丁香、玉兰已经开过花，只有那一架古藤萝仍然是繁花满枝，引得蜜蜂团团飞舞。

明慧茶院是怎么一回事呢？原来是北大中文系毕业生欧阳旭先生弃学从商，用现在的话来说就是“下了海”。欧阳英年岐嶷，经营有方，过了没有多久，经营就有可观的规模。但他毕竟是文化人，发财不忘文化。在众多经营之余，在海淀创办了国林风书店，其规模之大，可与风入松书店并驾齐驱。其藏书之精，又与万圣、风入松鼎足而三，为首都文化中心海淀增一异彩。据欧阳旭亲口告诉我，几年前，他同几个伙伴秋游，到了傍晚，在西山乱山丛中迷了路。“黄昏到寺蝙蝠飞”，他们碰巧走进了一座古寺，回不了城，就借住在那里。这就是大觉寺。夜里，他同管理寺庙的人剪烛夜话，偶然心血来潮，想在这座幽静僻远的古刹中创办点什么。三谈两谈，竟然谈妥，于是就出现了明慧茶院。难道这不就是佛家所说的因缘，俗语所说的机遇，哲学家所说的偶然性吗？

可是我心中有一个谜，至今仍处在解决与未解决之间。在宝刹大觉寺中可以兴办的事业是很多很多的，为什么欧阳旭独独钟情于茶呢？中国是茶的原产地，茶文化是中华文化不可分割的一个组成部分，中国饮茶的历史至少已有一两千年，而且茶文化传遍了世界，在日本独为繁荣，形成了闻名世界的日本茶道，也是日本文化不可分割的一部分。在欧洲，最著名的饮茶国家，喝的是红茶；在北非和中东，阿拉伯国家也喜欢饮茶，喝的是龙井，是绿茶。根据最近的世界饮料新动向，茶叶大有取代咖啡和可可之势，行将见中国的茶文化传遍世界，为人类造福，为中华添彩，发扬光大之日，就在眼前了。

谈到饮茶，必须有两个绝不可缺少的条件：一个是茶，一个是水。北方不产茶，至少是北京不能产茶，这是天意，谁也无力回天。至于水，北京是有的。但是山中有水，在北方实如凤毛麟角。有水斯有寺，有寺斯有名，这是北京独特规律。山泉与普通河水迥乎不同，它来自高山深处，毫无污染，而且还含有许多对人体有益的微量元素，入口甘甜，如饮醍醐。再加上名茶一泡，天造地设，相得益彰。大觉寺就以泉水著称，一千余年前的辽代之所以在这里建寺，主要就是这里有甘泉。不管天多么旱，泉水总是从寺后最高处潺湲流出，永不衰竭。这是一个极为难得的条件。甘泉再佐以佳茗，则二美俱矣。这个好像摆在眼前现成的想法，为什么别人就从未想到过，只有等到 20 世纪末来了一个年轻小伙子欧阳旭才想到了，而且立即付诸实施建立了明慧茶院呢？这里面难道还有什么十分深奥难测的奥义吗？

不管怎样，明慧茶院建立起来了。开幕的那一天，虽然没有能看到玉兰开花，但是，到的名人颇为不少，学术界和艺术界的一些著名人物，如欧阳中石、范曾等等，都光临了。大家在憩云轩观赏禅茶表演。几个被派到南方专门学习禅茶表演的年轻的女孩子，在挂在门上的绣有一个大大的“禅”字的帷幕前，在一张精心布置的桌子上，认真表演茶艺，伴奏的是佛乐，庄严肃穆，乐声低沉而清越。唐明皇当年听到了仙乐，“骊宫高处入青云，仙乐风飘处处闻”。此时我们听到的是佛乐，乐声回荡在憩云轩前苍松翠柏之间，回荡到下面“玉兰之王”所住的明德轩小院中，回荡到上面山泉流出处的楼阁间，佛乐弥漫了整个大觉寺，仿佛这里就是人间净土，地上桃源。我因为坐在第一张桌子旁，得天独厚，得以喝到第一杯禅茶，味道确同平常的不同，其余的嘉宾也都听了佛乐，喝了名茶，大家颇有点流连忘返之意。

从此北京西山增添了一个景点。

而我心中则增添了一个亮点。

我有时候无缘无故地就想到大觉寺，神驰那里的苍松翠柏、玉兰、藤萝。第二年，正当玉兰花开花的时候，我急不可待地第四次到了大觉寺。那时许多棵玉兰都在奋勇怒放。那一棵“玉兰之王”开得更是邪乎，满树繁花，累累垂垂，把树干树枝完全盖满，只见白花，不见青枝，全树几千朵花仿佛开成了一朵硕大无朋的白色大花，照亮了明德轩小院，照亮了整个大觉寺，照亮了宇宙。逼得旁边那一棵有名的鼠李寄柏干瘪无光。连同“玉兰之王”对生的那一棵紫玉兰也失去了光彩。我失去了描绘的能力，思想和语言都一样，嘴里只能连声赞叹：奈何！奈何！

过了不过个把月，我又一次来到了大觉寺，这次同来的有侯仁之、汤一介、乐黛云、李玉洁等人，我们第一次在这里过夜。侯仁之和我两个老头儿，被欧阳旭安排在明德轩所谓“总统套房”中。既曰“总统”，必然华贵。我是个上不得台盘的人，平生不想追求华贵。我曾在印度总统府里住过。在一间像篮球场那样大的房间里，一个卧榻端端正正摆在正中央。我躺在上面，四顾茫然，宛如孤舟大洋，海天渺茫，我一夜没有睡着。今天又要住总统套房，心里真有点嘀咕。此时玉兰已经绿叶满枝，不见花影，而对面的一棵太平花则正在疯狂怒放，照得满院生辉。晚饭后，我们几个人围坐在太平花下，上天下地，闲聊一番。寂静的古寺更加寂静，仿佛宇宙间只有我们几个人遗世而独立，身心愉快，毕生所无。走进总统套房，居然一夜酣睡，真如羲皇上人矣。

第二天，我照例四点起床，走出明德轩。此时晨曦未露，夜气犹存，微风不起，松涛无声。太平花似乎还没有睡醒，"玉兰之王"的绿叶也在凝定不动。古寺中一片寂静。只有屋脊上狂窜乱跳的小松鼠，跑来跑去，络绎不绝，令人感到宇宙还在活着，并未寂灭。我一个人独立中庭，享受了生平第一个恬谧甜蜜的早晨，让我永世难忘。

从此以后，我心中的那个亮点更加明亮了。我常常想到大觉寺，只要有机会，我就到大觉寺来。能够谈得来的一些朋友，我也想方设法请他们到大觉寺来品茗，最好是能住上一夜，领略一下这一座古寺的静夜幽趣。连从台湾不远千里而来的台湾大学图书馆馆长林光美女士，尽管是戎马倥偬，南北奔波，我也请她到大觉寺来住了一夜。她是品茗专家，是内行，她对大觉寺泉水和名茶的赞扬，其意义应该说是与众不同的。现在她已经回到了台北，我相信，她带回去的一定是对大觉寺美好的回忆。

至于我自己为什么这样向往大觉寺呢？这要从我目前的生活情况谈起。近几年来，不知道是从哪里来的一片虚名，套在了我的头上，成了一圈光环，给我招惹来了剪不断理还乱的麻烦。这个会长，那个主编，这个顾问，那个理事，纷至沓来，究竟有多少这样的纸冠，我自己实在无法弄清，恐怕只有上帝知道了。我成了采访的对象，这个电台，那个电视台，这家报纸，那家杂志，又是采访录像，又是电话采访。一遇到什么庆典或什么纪念，我就成了药方中的甘草，万不能缺。还有无穷无尽的会议，个个都自称意义重大，非参加不行。每天下午，我就成了专家门诊的专家，客厅里招待一拨客人，另外一拨或多拨候诊者只好在别的屋里等候。采访者照相成了应有之义，作道具照相，我已习惯；但是，照相者几乎每次必高呼："笑一笑！"试问我一肚乱絮般的思绪，我能笑得起来吗？即使勉强一笑，脸上成什么模样，我自己是连想都不敢想的。校系两级领导，关心我的健康，在我门上贴上了谢绝会客的通知。然而知书识字的来访者却熟视无睹，依然想方设法闯进门来。听说北京某大学某一位名人，大概遇到了同我一样的遭遇，自己在门上大书：某某死了！但是，死了也不行，他们仍然闯进门来，要向遗体告别。

“十年浩劫”期间，我忽发牛劲，以卵击石，要同北大那位“老佛爷”决斗，结果全军覆没，被抄家，被批斗，被关进牛棚，好不容易捡回来了一条小命，却成了“不可接触者”。几年之内，我没接到一封来信，没有一个客人。走在校内，没有哪个人敢同我说上一句话。我自己知趣，凡上路，必茫然向前看，绝不左顾右盼，也绝不敢踩别人的影子，以免把灾殃传给别人。你说，这样心里能痛快吗？当然不能。有时候我一个人困居斗室，感前途之无望，悲未来之渺茫，只觉得凄凉，孤独，寂寞，无助，此中滋味，非同病者实难相怜也。

然而，物换斗移，时异世迁，我从一个“不可接触者”一变而为“极可接触者”，宛如从十八层地狱一下子跃上三十三天。最初有一阵喜悦，自是人之常情。然而，时隔不久，这喜悦就逐渐淡漠下来，代之而起的是无名的苦恼。“千秋万岁名，寂寞身后事”，我不想争名。我的收入足以维持我那水平不高的生活，我不想夺利。我现在要求最迫切的是还我清静。“不可接触者”是最容易得到清静的。然而如今谁有这个本领能发动亿万群众，共同上演一出空前残暴的悲剧呢？他年于无意中得之的“不可接触者”的地位，如今却是可望而不可即了。

我现在希望得到的是一片人间净土，一个世外桃源。万没想到，我又于无意中得到了净土和桃源，这就是欧阳旭在大觉寺创办的明慧茶院。我每次从燕园驱车往大觉寺来，胸中的烦躁都与车行的距离适成反比，距离愈拉长，我的烦躁愈减少，等到一进大觉寺的山门，我的烦躁情绪一扫而光，四大皆空了。在这里，我看到了我的苍松、翠柏、丁香、藤萝、梨花、紫荆，特别是我的玉兰和太平花，它们都好像是对我合十致敬。还有屋脊上蹿跳的小松鼠，也好像对我微笑。我想到我前不久写的那一副对联：

屋脊狂窜小松鼠
满院开满太平花

不禁心旷神逸，虽古代桃花源中人，也不得不羡慕我了。

大概从人类有了较大的城市之日起，城市就与大自然形成了对立面，形成了鲜明的对照。连一千多年前的陶渊明都曾高唱：“久在樊笼里，复得反自然。”欢悦之情，跃然纸上。清代末年，德国汉学家福兰阁任德国驻清朝的外交官，经常“上山”。我从他儿子傅吾康嘴里经常听到“上山”这个词儿。上哪个山呢？我从来没有问过，反正他每次来北京，总有一半时间“上山”。最近我才知道，他们父子俩上的山就是大觉寺，德国人毕竟是热爱自然的民族。到了今天，城市越来越大，越来越热闹，红尘万丈，喧嚣无度，虽然不能每个人都有像我那样的烦躁，但烦躁总会有的，只不过程度高低不同而已。大家都会渴望拥抱大自然，都在不同程度上想找一个人间净土，世外桃源，可每一个并不能都找得到，这不能不说是一件憾事。

我是有福的，我找到了大觉寺明慧茶院，而且帮助我的朋友们认识这是一块人间净土，世外桃源，我的朋友们也都有福了。

我心中的那一个亮点将会愈来愈亮，愈亮。

1999年5月22日写毕

游唐招提寺

多么凑巧的事情，又是多么可喜的事情！唐大和尚鉴真回国探亲，我们在北京刚见过面；他回到日本不久，我们又来探望参拜他了。

一走进唐招提寺，我们仿佛回到了祖国。此地的一草一木，一梁一柱，无不让我们感到亲切可爱。连踏在脚下的沙砾，似乎也与别处不同。我们的心情又兴奋，又宁静；又肃穆，又虔诚。我们明确地意识到，这不是一个普普通通的地方，这是一个神圣的地方；这是中日两国人民悠久的传统友谊结晶的地方，绝不能等闲视之。

我们现在看到的当然是历历在目的大殿、经堂、佛像、神龛。但是我的心却一下子回到了一千多年以前的历史上去，回到鉴真生活的时代中去。这样的经历我从前曾经有过一次，那是在印度瞻谒玄奘遗迹的时候。我当时曾看到玄奘的身影无所不在。今天，印度换成了日本，玄奘换成鉴真了。同玄奘一样，鉴真的面貌我们都是熟悉的。我现在在这一座古寺里到处看到的就是鉴真的慈祥肃穆的面容。我仿佛看到他慈眉善目，庞眉铺目，到处烧香礼佛。看到他盘腿坐在莲花座上，讲经说法，为天皇、皇太子、贵族、平民传法授戒。他在整个寺院里让人搀扶着来来往往地行走。我不但能看到他的身影，而且能听到他的声音，虽然我并说不出，他的声音究竟是个什么样子。我们今天满怀虔敬之心踏在这一座古寺的土地上。我们知道，这一座古寺的每一寸土地都留有鉴真的足迹。我们脚下踏着的就是鉴真当年留下的足迹。因此，我们的步履轻而又轻，谨慎而又谨慎。特别是当我们走过一座重门深锁的院落的时候，我们的步子更轻了，我们仿佛在临深履薄，戒慎恐惧。这院落"庭院深深深几许"，在望之如云端仙境的重楼上，鉴真的漆像就作为国宝保存在那里。这门是经常锁着的。我们不由得面向楼阁深处，合十致敬。

鉴真爱不爱日本人民呢？他当然是爱的。他怀着满腔炽热的感情爱日本，爱日本人民。他同中国人民一样，深深地体会到中日两国人民的亲密关系，决心为日本人民牺牲自己的一切，把他认为能济世度人的佛法传到日本去。为了日本人民的幸福，他毅然决然地离开了自己的祖国。在当时想到日本去，简直难于上青天。今天讲"一衣带水"，形容两国邻近，非常轻松，非常惬意。然而海中波涛滚滚，龙蛇飞舞，用木头造的船横渡，其艰险绝非今日所能想象。鉴真尝试过几次，都失败了，最后终于九死一生，到了日本。如果对日本人民不抱有最深沉的爱，能做到这一步吗？他到日本时，双目已完全失明，什么东西都看不见了。但是，我相信，他能够看到一切。他看到的日本、日本人民、日本的自然风光，绝不比任何人少，而且会比任何人都更多、更深刻。他看到了别人看不到的东西，他看到了日本人民的心。他的心同日本人民的心共同跳动，“心有灵犀一点通”。他们心心相印。就凭着这一点，虽然他不懂日本语言——我猜想，他初到日本时是不懂当地的语言的——他却完全能同日本各阶层的人民交流思想，沟通感情。日本人民的喜怒哀乐就是他的喜怒哀乐。他同日本人民浑然一体。“海为龙世界，天是鸟家乡”，日本就成了他的海，成了他的天了。

鉴真会不会怀念祖国呢？当然会的。他同样也是怀着满腔炽热的感情爱着自己的伟大的祖国。否则他绝不会在离开祖国一千多年以后，又不远千里、不顾年老体衰，仆仆风尘回国探亲。不但探望了扬州，而且还探望了他离开祖国时还不存在的首都北京。他是一位高僧，不会有什么尘世俗念，但是爱国之情是人们最基本的感情，高僧也不能例外。遥想他当年远离祖国，寄身异邦，每天在礼佛讲经之余，一灯荧然，焚香静坐，殿外的春花秋月、夏雨冬雪，难免逗起一腔怀乡之情。檐边铁马的叮咚不会让他想到扬州古寺中的铁马吗？日本古代大俳句家松尾芭蕉非常了解鉴真的心情。他有一首著名的俳句，前有小引："唐招提寺开山祖鉴真和尚来日时，于船中遇难七十余次。其间，因海风侵袭双目，终成盲圣。今日拜谒尊像，得诗一首。"诗云：

新叶滴翠，
摘来拂拭尊师泪。（林林译文）

像鉴真这样的高僧，断七情，绝六欲，眼中的泪珠从何而来呢？除了因怀念祖国而流泪之外，还能有什么原因呢？大诗人芭蕉不愧是真正的诗人，他能深切体会鉴真的心情，发而为诗，才写出这样感人的诗句，使我们今天的人，不管是中国人，还是日本人，读到它，还为之感动不已。

我们中国人，不管读没读过芭蕉的名句，好像都能体会鉴真爱国思乡的心情。因此，当他这次回国探亲时，不管走到什么地方，扬州也好，北京也好，他都受到热烈的欢迎。今天他看到的祖国同他当年的祖国相比，已经完完全全变了样子；但是，祖国的人民、祖国人民的心，特别是对他那一片赤诚之心，则是一点也没有变的。我想，鉴真是完全擦干了眼泪带着微笑回到他的第二祖国日本去的吧！即使在日本再待上几百年，甚至几千年，他内心里也感到欣慰吧！

中国人民对鉴真的敬爱还表现在另外一个方面。今天，凡是到日本来的中国人，只要有可能，没有不到唐招提寺来参谒的。我们几个人现在就来到了这里。我走在这一座清净肃穆的大寺院里，花木扶疏，竹石掩映，到处干干净净，宛然一处人间仙境。但是我心中却是思潮腾涌，片刻不停，上下数千年，纵横数千里，遍照三世，神驰四极，对眼前的景物有时候视而不见，连自己走过的道路也有时候清楚，有时候不清楚。在不知不觉中，我们终于来到了鉴真的墓塔跟前。这一座墓塔并不特别高大巍峨，同中国常见的高僧墓塔样子和大小都差不多。这里就是鉴真永远安息的地方。我亲眼看到，日本人民男女老少成群结队，怀着极端虔敬的心情，到这里来参谒墓塔。走近墓塔的时候，他们面容严肃，脚步迈得轻轻地，唯恐惊扰了墓中的高僧。鉴真活着的时候，为日本人民的利益而牺牲了自己的一切。到了今天，他圆寂已经一千多年了，他仍然活在日本人民心中，他好像仍然生活在日本人民中间，天天受到他们的礼敬。鉴真死而有知，他一定感到莫大的欣慰吧！

墓塔的周围，茂树参天，绿竹挺秀，更显得特别清幽阒静。离开墓塔不远，有一片荷塘。此时正是夏天，塘里荷花盛开。这里的荷花很有点特色，花瓣全是白的，只有顶上有一抹鲜红，闪出红彤彤的光，宛如富士山雪峰顶上照上一片红霞。我在中国许多地方，世界上许多地方，都看到过荷花；在荷花的故乡印度也看到过荷花。白荷花、红荷花，甚至蓝荷花、黄荷花，都看到过，但是像鉴真墓旁这样的荷花却从来没有见过。难道是富士山之灵钟于荷花上面了吗？难道是鉴真的神灵飞附到这荷花瓣上来了吗？

不管我是多么依恋唐招提寺，多么依恋鉴真的墓塔，多么依恋池塘里的荷花，我们的活动是有时间限制的。经过了两三个小时的漫游，我们终于必须离开了。我们怀着依依难舍的心情，一步三回首，慢慢地踱出了这一座举世闻名的古寺。登上汽车以后，仍然从车窗里回望那些巍峨的大殿楼阁，直至车子转弯，它的影子完全消失为止。这些影子在眼前消失了，然而却落入我的心灵深处，将永远留在那里。

敬爱的鉴真大和尚！我们暂时告别了。倘若有朝一日我还能来到日本，我一定再来参谒你。我会从祖国最神圣的地方，最神圣的一棵树上，采下一片最神圣的嫩叶，来拂拭你眼中的泪珠。

1980 年 7 月 23 日于日本箱根写草稿

1985 年 1 月 29 日于北京抄毕

观秦兵马俑

好像从地下涌出来一样，千军万马的兵马俑一个个英姿勃发地突然站立在大地上。说是千军万马，绝不是夸大之词。仅就已知的俑的数目来看，足够编成一个现代化的师，有待于发现的还没有计算在内。

你说这是一个奇迹吗？我同意。这几乎是全世界到中国来参观兵马俑的外国朋友的一致的意见，他们中间有的人甚至说，秦兵马俑这一个奇迹超过了举世闻名的万里长城。但是，同时我也可以不同意。我们伟大的祖国是文明古国。在现在的九百六十多万平方公里的土地上，十亿人口正在从事万马奔腾的社会主义现代化的伟大建设工作。这是地面上的奇迹，是明明白白地摆在光天化日之下的，是人们都能够看到的。但是在地下呢？谁也说不清楚，究竟还有多少像秦兵马俑这样的奇迹暂时还埋藏在那里。就连邻近兵马俑的地带，地下情况我们也还不是很清楚，何况是这样辽阔的大地呢？

在兵马俑没有涌出来以前，想来地面上也不过是一片青青的庄稼，或者一片荒烟蔓草。这一块土地，同另外任何一块土地完全是一模一样的。两千多年以来，不知道有多少人脚踩过这一块土地，也许在上面种过庄稼，种过菜，栽过树，养过花；也许在上面盖过房子，修过花园。谁也不会想到，就在自己的脚下，竟埋藏着这样多、这样神奇的国宝。中国古人有一句现成的话说："地不爱宝。"现在也许是大地忽然不再爱这些宝贝了，于是兵马俑这样的国宝就一下子涌到地面上来。

今天我们不远千里来到这里，无非是想看一看这些国宝、这些奇迹。一路之上，从西安城一直到这里，看到的当然都是地面上的东西。车过秦始皇陵，看到一个高高的土丘，上面郁郁葱葱，长满了石榴树。因为天气不好，骊山只剩下一片影子，黑魆魆地扑人眉宇。田地里长满了青青的蔬菜，间或也能看到麦苗。麦苗长得还很矮小，但却青翠茁壮。在骊山的阴影压迫之下，这麦苗显得更加青翠，逗人喜爱。

但是在西安引人注意的却不是这些青翠茁壮的麦苗。西安是一个最容易让人发思古之幽情的地方。只要一看到秦始皇陵和骊山，人们的思潮就会冲决这两个地方，向外扩散。我现在正是这样。我的心思仿佛长上了翅膀，连绵起伏，奔腾流泻。看到半坡，我自然就想到了蒙昧远古的祖先。接着想到的是我们汉族公认的始祖轩辕黄帝，他的陵墓距离西安不算太远。骊山当然让我想到周幽王和骊姬。始皇陵里埋着妇孺皆知的秦始皇。茂陵是汉武帝的陵墓。这一位雄才大略的大皇帝把自己的大将和大臣都埋葬在身边，霍去病和卫青的墓都在茂陵附近。这两个杰出的年轻的大将军在死后还在赤胆忠心地保卫着自己的主子。

至于唐代，那遗迹更是到处可见。很多地方都与中国文学史上一些非常显赫的诗人的名字联系在一起。抬头一看，低头一想，无一不让你想到唐代诗歌的黄金时代，想到一些脍炙人口的诗句。这里简直是诗歌的王国，是幻想的天堂，是天上彩虹的故乡，是人间真情的宝库。走过灞桥，我怎会不想到当年折柳赠别的那一些名句和那种依依不舍的友情呢？看到蓝田这个地名，我自然就想到了王维的辋川别墅，想到那些意境幽远的短诗。终南山抬头就能够见到，一看到终南山，吟咏这首诗的声音，就在我耳边响起：

终南阴岭秀，
积雪浮云端。
林表明霁色，
城中增暮寒。

车子驰过城西北的那一些原，我不由自主地低吟：

五陵北原上，
万古青蒙蒙。

走过咸阳桥，杜甫的名句自然就在我耳边响起：

爷娘妻子走相送，
尘埃不见咸阳桥。

我仿佛看到在滚滚的黄尘中唐代出征军人的身影，他们的父母妻子把臂牵袂，痛哭相送。一走过渭水：

秋风生渭水，
落叶满长安。

这样的诗句马上把我带到了长安的深秋中，身上感到一阵阵的凉意。一想到秋天，我马上就想到春天：

云里帝城双凤阙，
雨中春树万人家。

这样春雨中的情景立刻就把千树万树枝头滴着红雨的杏花带到我眼前来，我身上感到一阵阵的湿意。从帝城我联想到大明宫：

九天阊阖开宫殿，
万国衣冠拜冕旒。

我仿佛亲眼看到当年世界的首都长安的情景，大街上熙熙攘攘，挤满了人，在黄皮肤的人群中夹杂着不少皮肤或白或黑、衣着怪异、语言奇特的外国学者、商人、僧侣、外交官。

……

总之，在我乘车驶向秦俑馆的路上，我眼前幻影迷离，心头意念零乱，耳旁响着吟诗声，嘴里念着美妙的诗句，纵横八百里，上下数千年，浮想联翩，心潮腾涌。我以前在任何时候、任何地方都没有过这样复杂的感情，我是既愉快，又怅惘；既兴奋，又冷静，中间还掺杂上一点似乎是骄傲的意味。

就这样，转眼之间，我们已经到了秦兵马俑馆。

所谓兵马俑馆，是一个硕大无比的大厅，目测至少有几个足球场大。在进入大厅之前，我们先参观了大厅旁边的一间小厅，中间陈列着正在修复中的一辆铜车、四匹铜马。

四匹铜马神采奕奕，仿佛正在努力拉着铜车奔驰。一个铜军官坐在车上，驾驭着这四匹马。看到这样精致绝伦的艺术国宝，我们每个人都不禁啧啧称叹：想不到宇宙间竟有这样神奇的珍品，我心中那一点骄傲的意味不由得更加浓烈起来了。

走进了大厅，站在栏杆旁边向下面的大坑里望去，看到一排排的坑道，坑道中，前排的兵俑和马俑都成排成行地站在那里。将军俑、铠甲武士俑、骑马俑等等，好像都聚精会神地站在那里，静候命令，一个个秩序井然，纪律严明，身体笔直，一动也不动。兵俑中间间杂着一些马俑，也都严肃整齐，伫立待命。我原以为，这些兵俑都是一个模子里塑制出来的，千篇一律，不会有什么变化。但是仔细一看才发现，他们的面部表情几乎每一个都不相同：有的像是在微笑，有的像是在说话，有的光着下颌，有的留着胡子，个个栩栩如生，而又神态各异，没有发现一个愁眉苦脸的。他们好像是都衷心喜悦地为大皇帝站岗放哨。他们的“物质待遇”好像是很不错，否则怎么能个个都心满意足呢？我简直难以想象，当年的艺术家是怎样塑制这些兵马俑的。数以万计的兵马俑竟都能这样精致生动，不叫它是宇宙间一大奇迹又叫它什么呢？

我的思潮又腾涌起来，眼前幻象浮动，心头波浪翻滚。蓦地一转眼，我仿佛看到坑里的兵俑和马俑一齐跳动起来。兵俑跑在前面，在将军俑的率领下，奋勇前进。马俑紧紧地跟在后面。有的兵俑骑上马俑，放松缰绳，任马驰骋。后排坑道里那些还没有被完全挖出来的兵俑和马俑，有的只露出了头，有的露出了半身，有的直着身子，有的歪着身子，也都在那里活动起来。在这里，地面高高低低，坎坷不平。它在我眼中忽然变成了海浪，汹涌澎湃，气象万千。兵俑和马俑正从海浪中挣扎出来。有脑袋的奋勇向前，连那些没有脑袋的也顺手抓起一个脑袋，安在脖子上，骑上马俑，向前奔去；想追上前面那些成行成排的俑，一齐飞出大厅。那四匹铜马拉着铜车四马当先，所向无前。连乾陵的那两匹带翅膀的飞马也从远处赶了来，参加到飞腾的队伍中去。他们一飞出大厅，看到今天祖国已经换了人间，都大为惊诧与兴奋。他们大声互相说着话：“我们一睡就是几千年，今天醒来，看到河山大地花团锦簇，人民群众意气风发。我们虽然都有了一把子年纪，但是身子骨还很硬朗。我们休息了这么多年，正有用不完的劲。我们也一定要尽上一分力量，绝不能后人。现在是大显身手的好时候了，干呀！干呀！”边说边飞，浩浩荡荡，飞向天空，飞向骊山：

骊宫高处入青云，

仙乐风飘处处闻。

现在我耳边响起的不是缓歌慢奏的仙乐，而是兵马杂沓，金鼓齐鸣，这些声音汇成了三界大乐，直干青云，跟随着兵俑和马俑，把我的心也夹在了中间，飞驰掠过八百里秦川。

这八百里秦川可真是一块宝地啊！在若干千年中，我们的先民在这里胼手胝足，辛勤耕耘，才收拾出来了现在这样的锦绣河山。就拿西安这一个地方来说吧，在汉唐时期，以它那光辉灿烂的文化，吸引了成千上万的外国朋友，不远万里，来到这里，或学习，或贸易，或当外交官，西安俨然成为当时世界的中心。城中盛况，依稀可以想象。这一点我在上面已经谈到。今天，又发现了数目这样多，塑制又这样精美，能同世界奇迹长城媲美的兵马俑，锦上添花，又招引来了全国各地的人士和世界各国的朋友，云集此处，都瞪大了眼睛，惊叹不止。在我们来的路上，外国朋友乘坐的车子，络绎不绝。现在在秦俑馆内，外国朋友，男女老幼，穿着五光十色的衣服，说着稀奇古怪的语言，其数目远远超过国内人民。在这样的情况下，作为一个中国人，人们会想些什么呢？别人的心思我无法揣度，我说不出；但是我自己的心思我是清楚的。我在来的路上的那一点淡淡的骄矜之意、幸福之感，现在浓烈起来了。为生为一个中国人而感到骄矜与幸福，难道不是我们共同的感觉吗？

我就是怀着这样的骄矜之意与幸福之感，依依不舍、一步三回首地离开了秦俑馆的。此时天色已经渐渐地暗了下来。骊山山顶隐入一层薄薄的暮霭中。浩浩荡荡的兵俑和马俑的队伍大概已经飞越了骊山，只留下一片寂静，伴随着我驰过八百里秦川。

1982 年 10 月 29 日草稿

1982 年 11 月 16 日修改

1985 年 1 月 14 日抄出

奇石馆

石头有什么奇怪的呢？只要是山区，遍地是石头，磕磕绊绊，走路很不方便，让人厌恶之不及，哪里还有什么美感呢？

但是，欣赏奇石，好像是中国特有的传统的审美情趣。南南北北，且不说那些名园，即使是在最普通的花园中，都能够找到几块大小不等的太湖石，甚至假山。这些石头都能够给花园增添情趣，增添美感，再衬托上古木、修竹、花栏、草坪、曲水、清池、台榭、画廊等等，使整个花园成为一个审美的整体，错综与和谐统一，幽深与明朗并存，充分发挥出东方花园的魅力。

我现在所住的燕园，原是明清名园，多处有怪石古石，据说都是明末米万钟花费了惊人的巨资从南方运来的。连颐和园中乐寿堂前那一块巨大的石头，也是米万钟运来的，因为花费太大，他这个富翁因此而破了产。

这些石头之所以受人青睐，并不是因为它大，而是因为它奇，它美。美在何处呢？据行家说，太湖石必须具备四个条件，才能算是美而奇：透、漏、秀、皱。用不着一个字一个字地来分析解释。归纳起来，可以这样理解：太湖石最忌平板。如果不忌的话，则从山上削下任何一块石头来，都可以充数，那还有什么奇特，有什么诡异呢？它必须是玲珑剔透，才能显现其美，而能达到这个标准，必须是在水中已经被波浪冲刷了亿万年。夫美岂易言哉！岂易言哉！

以上说的是大石头。小石头也有同样的情况。中国人爱小石头的激情，绝不下于大石头。最著名的例子就是南京的雨花石。雨花大名垂宇宙，由来久矣。其主要特异之处在于小石头中能够辨认出来的形象。我曾在某一个报刊上读到一则关于雨花石的报道，说某一块石头中有一幅观音菩萨的像，宛然如书上画的或庙中塑的，形态毕具，丝毫不爽。又有一块石头，花纹是齐天大圣孙悟空，也是形象生动，不容同任何人、神、鬼、怪混淆。这些都是鬼斧神工，本色天成，人力在这里实在无能为力。另外一种小石头就是有小山小石的盆景。一座只有几寸至多一尺来高的石头山，再陪衬上几棵极为矮小却具有参天之势的树，望之有如泰岳，巍峨崇峻，咫尺千里，真的是“一览众山小”了。

总之，中国人对奇特的石头，不管大块与小块，都情有独钟，形成了中国特有的审美情趣，为其他国家所无。美籍华人建筑大师贝聿铭先生设计香山饭店时，利用几面大玻璃窗当作前景，窗外小院中耸立着一块太湖石，窗子就成了画面。这种设计思想，极为中国审美学家所称赞。虽然贝聿铭这个设计获得了西方的国际大奖，我看这也是为了适应中国人的审美情趣，碧眼黄发人未必理解与欣赏。现在“文化”一词极为流行，什么东西都是文化，什么茶文化、酒文化，甚至连盐和煤都成了文化。我们现在来一个石文化，恐怕也未可厚非吧。

我可是万万没有想到，竟在离开北京数千里的曼谷，找到了千真万确的地地道道的石文化，我在这里参观了周镇荣先生创建的奇石馆。周先生在新中国成立前曾在国立东方语专念过书，也可以算是北大的校友吧。去年十月，我到昆明去参加纪念郑和的大会，在那里见到了周先生。蒙他赠送奇石一块，让我分享了奇石之美。他定居泰国，家在曼谷。这次相遇，颇有一点旧友重逢之感。

他的奇石馆可真让我大吃一惊，大开眼界。什么叫奇石馆呢？因为我从来没有见过这样的馆，难免有一些想象。现在一见到真馆，我的想象被砸得粉碎。五光十色，五颜六色，五彩缤纷，五花八门，大大小小，方方圆圆，长长短短，粗粗细细，我搜索枯肠，把我所知道的一切带数字的俗语都搜集到一起，又到我能记忆的旧诗词中去搜寻描写石头花纹的清词丽句。把这一切都堆集在一起，也无法描绘我的印象于万一。在这里，语言文字都没用了，剩下的只有心灵和眼睛。我只好学一学古代的禅师，不立文字，明心见性。想立也立不起来了。到了主人让我写字留念的时候，我提笔写了“琳琅满目，巧夺天工”，是用极其拙劣的书法，写出了极其拙劣的思想。晋人比我聪明，到了此时，他们只连声高呼：“奈何！奈何！”我却无法学习，我要是这样高呼，大家一定会认为我神经出了毛病。

听周先生自己讲搜寻石头的故事，也是非常有趣的。他不论走到什么地方，一听到有奇石，便把一切都放下，不吃，不喝，不停，不睡，不管黑天白日，不管刮风下雨，不避危险，不顾困难，非把石头弄到手不行。馆内的藏石，有很多块都隐含着一个动人的故事。中国古书上说：“精诚所至，金石为开。”这话在周镇荣先生身上得到了证明。宋代大书法家米芾酷爱石头，有“米癫拜石”的传说。我看，周先生之癫绝不在米芾之下。这也算是石坛佳话吧。

无独有偶，回到北京以后，到了四月二十六日，我在《中国医药报》上读到了一篇文章——《石头情结》，讲的是著名美学家王朝闻先生酷爱石头的故事。王先生我是认识的，好多年以前我们曾同在桂林开过会。漓江泛舟，同乘一船。在山清水秀弥漫乾坤的绿色中，我们曾谈过许多事情，对其为人和为学，我是衷心敬佩的。当时他大概对石头还没有产生兴趣，所以没有谈到石头。文章说：“十多年前在朝闻老家里几乎见不到几块石头，近几年他家似乎成了石头的世界。”我立即就想道：“这不是另外一个奇石馆吗？”朝闻老大器晚成，直到快到耄耋之年，才形成了石头情结。一旦形成，遂一发而不能遏止。他爱石头也到了癫的程度，他是以一个雕塑家、美学家的目光与感情来欣赏石头的，凡人们在石头上看不到的美，他能看到。他惊呼：“大自然太神奇了。”这比我在上面讲到的晋人高呼“奈何！奈何！”的情景，进了一大步。

石头到处都有，但不是人人都爱。这里面有点天分，有点缘分。这两件东西并不是人人都能有的。认识这样的人，是不是也要有点缘分呢？我相信，我是有这个缘分的。在不到两个月的短短的时间内，我竟能在极南极南的曼谷认识了有石头情结的周镇荣先生，又在极北极北的北京知道了老友朝闻老也有石头情结。没有缘分，能够做得到吗？请原谅我用中国流行的办法称朝闻老为“北癫”，称镇荣先生为“南癫”。南北二癫，顽石之友。在茫茫人海芸芸众生中，这样的癫是极为难见的。知道和了解南北二癫的人，到目前为止，恐怕也只有我一个人。我相信，通过我这一篇短文，通过我的缘分，南北二癫会互相知名的，他们之间的缘分也会启发出来的。有朝一日，南周北王会各捧奇石相会于北京或曼谷，他们会掀髯（可惜二人都没有髯，行文至此，不得不尔）一笑的，他们都会感激我的。这样一来，岂不猗欤盛哉！我馨香祷祝之矣。

1994 年 5 月 24 日凌晨，细雨声中写完，心旷神怡

在敦煌

刚看过新疆各地的许多千佛洞，在驱车前往敦煌莫高窟千佛洞的路上，我心里就不禁比较起来：在那里，一走出一个村镇或城市，就是戈壁千里，寸草不生；在这里，一离开柳园，也是平野百里，禾稼不长，然而却点缀着一些骆驼刺之类的沙漠植物，在一片黄沙中绿油油地充满了生意，看上去让人不感到那么荒凉、寂寞。

我们就是走过了数百里这样的平野，最终看到一片葱郁的绿树，隐约出现在天际，后面是一列不太高的山冈，像是一幅中国水墨山水画。我暗自猜想：敦煌大概是来到了。

果然是敦煌到了。我对敦煌真可以说是“久仰大名，如雷贯耳”了。我在书里读到过敦煌，我听人谈到过敦煌，我也看过不知多少敦煌的绘画和照片。几十年梦寐以求的东西如今一下子看在眼里，印在心中，“相见翻疑梦”，我似乎有点怀疑，这是否是事实了。

敦煌毕竟是真实的。它的样子同我过去在照片上看到的差不多，这些我都是很熟悉的。此处并没有崇山峻岭，幽篁修竹，有的只不过是几个人合抱不过来的千岁老榆，高高耸入云天的白杨，金碧辉煌的牌楼，开着黄花、红花的花丛。放在别的地方，这一切也许毫无动人之处；然而放在这里，给人的印象却是沙漠中的一个绿洲，戈壁滩上的一颗明珠，一片淡黄中的一点浓绿，一个不折不扣的世外桃源。

至于千佛洞本身，那真是琳琅满目，美不胜收，五光十色，云蒸霞蔚。无论用多么繁缛华丽的语言文字，不管这样的语言文字有多少，也是无法描绘，无法形容的。这里用得上一句老话了："只能意会，不能言传。"洞子共有四百多个，大的大到像一座宫殿，小的小到像一个佛龛。几乎每一个洞子里都画着千佛的像。洞子不论大小，墙壁不论宽窄，无不满满地画上了壁画。艺术家好像绝不吝惜自己的精力和颜料，绝不吝惜自己的光阴和生命，把墙壁上的每一点空间，每一寸的空隙，都填得满满的，多小的地方，他们也绝不放过。他们前后共画了一千年，不知流出了多少汗水，不知耗费了多少心血，才给我们留下了这些动人心魄的艺术瑰宝。有的壁画，就暴露在光天化日之下，经过了一千年的风吹、雨打、日晒、沙浸，但色彩却浓郁如新，鲜艳如初。想到我们先人的这些业绩，我们后人感到无比兴奋、震惊、感激、敬佩，这难道不是很自然的吗？

我们走进了洞子，就仿佛走进了久已逝去的古代世界，甚至古代的异域世界；仿佛走进了神话的世界、童话的世界。尽管洞内洞外一点声音都没有，但是看到那些大大小小的雕塑，特别是看到墙上的壁画——人物是那样繁多，场面是那样富丽，颜色是那样鲜艳，技巧是那样纯熟——我们内心里就不禁感到热闹起来。我们仿佛亲眼看到释迦牟尼从兜率天上骑着六牙白象下降人寰，九龙吐水为他洗浴，一下生就走了七步，口中大声宣称："天上天下，唯我独尊。"我们仿佛看到他读书、习艺。他力大无穷，竟把一只大象抛上天空，坠下时把土地砸了一个大坑。我们仿佛看到他射箭，连穿七个箭靶。我们仿佛看到他结婚，看到他出游，在城门外遇到老人、病人、死人与和尚，看到他夜半乘马逾城逃走，看到他剃发出家。我们仿佛看到他修苦行，不吃东西，修了六年，把眼睛修得深如古井。我们又仿佛看到他幡然改变主意，毅然放弃了苦行，吃了农女献上的粥，又恢复了精力，走向菩提树下，同恶魔波旬搏斗，终于成了佛。成佛后到处游行、归示、度子，年届八旬，在双林涅槃。使我们最感兴趣、给我们印象最深的是那许许多多的涅槃的画。释迦牟尼已经逝世，闭着眼睛，右胁向下躺在那里。他身后站着许多和尚和俗人。前排的人已经得了道，对生死漠然置之，脸上毫无表情地站在那里。后排的人，不管是国王，各族人民，还是和尚、尼姑，因为道行不高，尘欲未去，参不透生死之道，都号啕大哭，有的捶胸，有的打头，有的击掌，有的顿足，有的撕发，有的裂衣，有的甚至昏倒在地。我们真仿佛听到哭声震天，看到泪水流地，内心里不禁感到震动。最有趣的是外道六师，他们看到主要敌手已死，高兴得弹琴、奏乐、手舞、足蹈。在盈尺或盈丈的墙壁上，宛然一幅人生哀乐图。这样的宗教画，实际上是人世社会的真实描绘，把千载前的社会现实，栩栩如生地搬到我们今天的眼前来。

在很多洞子里，我们又仿佛走进了西方的极乐世界，所谓净土。在这个世界里，阿弥陀佛巍然坐在正中。在他的头上、脚下、身躯的周围画着极乐世界里各种生活享受：有娱乐，有舞蹈，有杂技，有饮馔。好像谁都不用担心生活有什么不足，衣来伸手，饭来张口。而且这些饮食和衣服，都用不着人工去制作。到处长着如意神树，树枝上结满了各种美好的饮食和衣着，要什么，有什么，只需一伸手一张口之劳，所有的愿望就都可以满足了。小孩子们也都兴高采烈，他们快乐地把身躯倒竖起来。到处都是美丽的荷塘和雄伟的殿阁，到处都是快活的游人。这些人同我们这些凡人一样，也过着世俗的生活。他们也结婚。新郎跪在地上，向什么人叩头；新娘却站在那里，羞答答不肯把头抬；许多参加婚礼的客人在大吃大喝；两只鸿雁站在门旁。我早就读过古代结婚时有所谓“奠雁”的礼节，却想不出是什么情景。今天这情景就摆在我眼前，仿佛我也成了婚礼的参加者了。他们也有老死。老人活过四万八千岁以后，自己就走到预先盖好的坟墓里去，家人都跟在他后面，生离死别。虽然也有人磕头涕哭，但是总起来看，脸上的表情却都是平静的、肃穆的，好像认为这是人生规律，无所用其忧戚与哀悼。所有这一切世俗生活的绘画，当然都是用来宣扬一个主题思想：不管在什么样的生活环境中，只要一心念阿弥陀佛，就可以往生净土，享受天福。这当然都是幻想，甚至是欺骗。但是艺术家的态度是认真的，他们的技巧是惊人的。他们仔细地描，小心地画，结果把本是虚无缥缈的东西画得像真实的事物一样，生动活泼地、毫不含糊地展现在我们眼前，让我们对于历史得到感性认识，让我们得到奇特美妙的艺术享受。艺术家可能真正相信这些神话的，但是这对我们是无关重要的，重要的是他们的画。这些画画得充满了热情，而且都取材于现实生活。在世界各国的历史上，所有的神仙和神话，不管是多么离奇荒诞，他们的模特儿总脱离不开人和人生，艺术家通过神仙和神话，让过去的人和人生重现在我们眼前。我们探骊得珠，于愿已足，还有什么可以强求的呢？

最使我吃惊的是一件小事：在这富丽堂皇的极乐世界中，在巍峨雄伟的楼台殿阁里，却忽然出现了一只小小的老鼠，鼓着眼睛，尖着尾巴，用警惕狡诈的目光向四下里搜寻窥视，好像见了人要逃窜的样子。我很不理解，为什么艺术家偏偏在这个庄严神圣的净土里画上一只老鼠。难道他们认为，即使在净土中，“四害”也是难免的吗？难道他们有意给这万人向往的净土开上一个小小的玩笑吗？难道他们有意表示即使是净土也不是百分之百的纯洁吗？我们大家都不理解，经过推敲与讨论，仍然是不理解。但是我们都很感兴趣，认为这位艺术家很有勇气，绝不因循抄袭，绝不搞“本本主义”，他敢于石破天惊地去创造。我们对他都表示敬意。

在许多洞子里，我们还看到了许多经变，什么法华经变，楞伽经变，金光明经变，如此等等。艺术家把经中的许多章节，不是根据经文，而是根据变文，用绘画的形式表现出来。在这些经变里，法华经普门品似乎是最受欢迎的一品。普门品说，谁要是一心称观世音菩萨的名，入大火，大火不能烧；入大水，大水不能漂；入海求宝遇到黑风，船飘堕罗刹国，可以解脱罗刹之难；遭迫害临刑，刑刀段段坏；女子求生男孩，就可以生福德智慧之男；求生女孩，就可以生端正有相之女。总之，威灵显赫，有求必应。画上最多的是临刑刀寸寸断的情景，这似乎是最能形象地表现观音菩萨的法力的一个题材。但是我们也可以看到许多描绘人民生活和生产的情景：一个农民赶着耕牛去耕地；许多小手工业者坐在那里制作什么东西；人们在家里面安静地宴客；人们在花园中游乐；人们到灞桥去送别亲友，折杨柳为赠。我不知曾在多少唐诗中读到这情景，今天才第一次在绘画上看到。最有意思的、最耐人寻味的是许多绘画，画的是人们大便的情景、刷牙的情景，据我所知道的，在世界各国任何时代的任何绘画中都难找到这样的绘画，这好像也成了绘画的禁区。然而我们的艺术家却有勇气冲破这不成文而事实上却存在的禁区，把这种细微并不那么太雅观的情景画给我们看。除了佩服以外，我还能说些什么呢？此外，描绘舞蹈的场面和杂技的场面，也是非常动人的。一个个乐队，一个个乐工，手中执着各种各样的乐器，什么箫、笛、筝、琴、箜篌、排箫、阮咸、琵琶，还有尺八，神情是这样逼真，人物是这样细致，我们耳中仿佛能听到各种乐器和谐的弹奏声，静静的洞子一时喧阗起来。舞蹈的场面也很动人。男女舞人，翩翩起舞，有人甩着长大的袖子，有人动作非常强烈，所谓“胡旋舞”大概就是这个样子吧。我们看到的虽然不是真正的舞蹈，而只是绘画，但是我们也恍然感到“观者如山色沮丧，天地为之久低昂。霍如羿射九日落，矫如群帝骖龙翔。来如雷霆收震怒，罢如江海凝清光”。至于杂技，更是动人心魄。一个演员站在那里，头上顶着长竿，竿顶上站着一个人，人头顶上还站着一个小孩子。看那摇摇欲坠的样子，我们不禁为画上的古人担忧起来。然而，不要怕，两旁还站着两个人哩，他们好像是为了防备万一而站在那里。虽然都戴着纱帽，斯斯文文的，看来好像也蛮有把握。我们可以放心了。前面坐着一些人，这大概就是观众。画面上人数不算多，但看上去却热闹得很。在古代文化交流中，音乐、舞蹈和杂技，好像是占着突出的地位。在新疆的许多千佛洞中，这样的场面也是随时可见的。

在所有的经变中，维摩诘经变是最常见的。这一部经在唐代大概非常流行、非常受欢迎。唐代一个姓王的大诗人，取名维，字摩诘，合起来就是维摩诘，就是一个很好的证明。我们在很多洞子里，都看到关于维摩诘的壁画。尽管大小不同，洞子不同；但是他的形象却基本上是一致的。维摩诘手执麈尾或者扇子，傲然地斜坐在一张床上，眼神嘴角流露出一副能言善辩、轻蔑藐视的神态。这一部经本身就是一部很好的长篇小说，讲的是一个佛教的居士，名叫维摩诘，唐玄奘译为无垢称。他深通佛法，辩才无碍。有一次他病了，如来佛派大弟子舍利弗去问疾。舍利弗吃过他辩才的苦头，有点发怵不敢去。佛又派大目犍连、大迦叶、须菩提、富楼那多罗尼子、摩诃迦旃延、阿那律、优波离、罗睺罗、阿难、弥勒菩萨、善德等等去，但是谁也没有胆量去。最后文殊师利膺命前往。维摩诘以神力空其室内，只留下了一张床，他生病坐在上面。于是二人展开了一场辩才战。诸菩萨、大弟子、群释、四天王等都赶来瞧热闹。后来舍利弗和大迦叶也赶了来。最后文殊师利和维摩诘一起来见佛。这一篇小说似的经文以如来把正法付嘱于弥勒佛而结束。小说本身内容很丰富，辩论很激烈，描绘很生动，对话很犀利。壁画更发展了这一部经文，把故事画得热闹非常、生动活泼，具有极大的感染力。维摩诘仿佛就要从床上站立起来，而且要走下墙来，同我们展开一场唇枪舌剑……

在许多洞子里，除了神话故事以外，还画着许多世俗画。开洞的窟主往往把自己以及一家人都画在墙上。有时候画上一队男官人，前面的几个都是秃头的和尚；一队贵妇，前面几个是秃头的尼姑。这是本家庭里面出家的人，是他们的光荣，是他们的骄傲，所以才被画在前面。这些男女贵人排成队，好像要向佛爷走去。他们为什么要把自己的像画在这千佛洞里呢？是为了宗教功德吗？还是为了永垂不朽？恐怕二者都有一点吧。最引人注目的是张义潮出游图。唐代这一个独霸一方的大军阀、大官僚，在河西一带很有势力，很有影响，他一跺脚，整个河西走廊都会震动。他的家族开凿了不少的洞子，在一个洞子里就画着自己出游的情景。他自己巍然骑在马上，前面是部队开路，也都骑着马，有的手里拿着乐器，有的手里举着旗帜。拿乐器的正在猛吹猛奏，好像是要行人回避，也好像是在为军容壮声威。后面跟的是成群的扈从，都是宽衣博带，雍容华贵。乐器中除了喇叭等之外，还有画角，我从小念唐诗，不知多少次碰到“画角”这个字眼，但是始终没有见过画角是什么样子。今天见面，宛如故友重逢，感到分外亲切。总之，这一幅一千多年前的出游行乐图，色彩鲜艳地、生动活泼地摆在我们眼前。当时的情景跃然壁上。我们今天站在下面看壁画的人，恍惚间成了当时站在路旁的旁观者，看人马杂沓，车如流水，乐声喧腾，尘土飞扬，好像正从墙壁的一端走向另一端，转瞬即逝。

在一个洞子里，我们还看到一幅巨大的五台山图。既然是五台山，当然与宣扬文殊菩萨是分不开的。但是我们今天看到的却是一幅用绘画形式表现出来的地图和人民生活图。这幅图上画的是从镇州（正定）一直到并州（太原）旅途的情景。这条绵延数百里的路是同绵延数百里的五台山分不开的。这座大山峰峦起伏，山头林立，宛如雨后的春笋一般。山上的名刹都画出了房舍，标出了名字。山下则是一条商路。商人们熙熙攘攘，车水马龙，牲口背上驮着货物，匆匆忙忙向前趱行。旅途是遥远的，就必然要有住宿的客店。于是在图上许多地方都画着客店。店主人、店小二在热情地招呼客人，客人则是出出进进，热闹非常。我们今天的中国青年，甚至中年老年，习惯于住北京饭店、国际饭店一类的高楼大厦，对古代商人旅人行路困难丝毫没有认识。读到“鸡声茅店月，人迹板桥霜”，还有什么“夕阳西下，断肠人在天涯”，也许还能引起一些遐思，但是绝不会引起同情，我们对那种生活已经非常非常隔膜了。但是这一幅五台山图，会把我们带回到当年的生活环境中去，让我们做一个思古的梦。从这个意义上来讲，这一幅壁画无疑是我们的国宝之一。当年有一个帝国主义国家要出十万美元，收买这一幅壁画，没有得逞，否则我们的这件国宝早已到了波士顿博物馆之类的地方去了。岂不惜哉！

在另外一些洞子里，我们还看到一些和尚西行求法的壁画。这也是必然的。开凿这些洞子主要是为了宣扬佛教。“千佛洞”这个名词本身就说明了一切。佛教来自印度，这里画着许多出生在印度的佛爷和菩萨，是很自然的。但是如果没有中国和尚到印度去取经，没有印度和尚到中国来送经，佛教是绝不会自己走了来的。因此，我们总是期望，在某一些洞子里能够看到中国西行求法的和尚，事实上也正是这样，我们看到了，而且看到的还不少。一提到西行求法，谁都会立刻就想到唐代高僧玄奘。在一个洞子里，我们确实看到了唐僧取经的壁画。这是一幅水月观音的巨大的壁画，水月观音巨大的身躯几乎占满了全壁。他身上衣着金碧辉煌，头上冠冕富丽堂皇。令人吃惊的是，他嘴上居然还留着一撮小胡子。他神态倨傲又慈悲，伸脚坐在那里。在壁画的右下角一块小小的地方画着玄奘，双手合十站在一个悬崖上，面向水月观音，好像就正向他致敬。他身后是大徒弟孙悟空，手里牵着那一匹小白龙变成的马。二徒弟猪八戒和三徒弟沙僧跑到哪里去了呢？看样子他们并没有去寻山探路，也不是去托钵求斋，他们还站在壁画外面，正在向着壁画里走哩。

同求法高僧有联系的是商人。宗教按理说是出世的，和尚尼姑是不许触摸金银的，而“商人重利轻别离”，他们总是想赚大钱的。他们之间是风马牛不相及的，哪里会有什么联系呢？但是所有在中国境内的千佛洞都是开凿在丝绸之路沿线的，丝绸之路顾名思义是一条商业大道，这就有力地说明了二者间的密切关系。在印度佛教史上，从佛祖释迦牟尼开始，就同商人有亲密的往来，和尚和商人，不但相辅相成，而且相依为命。所以丝绸之路，同时也是宗教之路。中国、印度和其他国家的高僧很大一部分是走丝绸之路来往的。因此，在千佛洞里除了求法高僧外，看到商人的壁画，也是很自然的。在新疆拜城克孜尔千佛洞中，我曾在一壁佛画的中间一小块空隙中看到一个穿伊朗服装的商人，赶着几匹骆驼，上面驮着中国出产的丝，正在走路的样子。一个佛爷站在旁边，好像把自己的右手的两个指头像点蜡烛一样点了起来，发出万丈光芒，照亮了丝绸之路。这幅壁画的用意是再清楚不过的，这里用不着多说。在敦煌的千佛洞里，丝绸之路也有所表现。贩运丝绸的中外商人，赶着骆驼和马，向西方迈进。沙路茫茫，前途万里，而商人毫不气馁。有的地方画着商人在路上走路的情况：路大概是很难走，马走得乏了，再也不想前进，于是一个商人在前面用力牵，另一个商人在后面拼命地用鞭子抽打，人忙马嘶的情景宛在目前，宛在耳边。还有不少地方画着商人遇劫的情况：一些绿林豪客手执明晃晃的钢刀，耀武扬威地挡在那里；商人们则卑躬屈膝，甚至跪在地上求饶。觳觫之状可掬，他们仿佛是在对话，声音就响在我们耳边。可见，虽然有佛光照亮万里长途，但人间毕竟是人间，行路难之叹，唐代诗人早就发出来了，何况是漫漫数万里呢？至于海上商路，虽然不在丝绸之路上，但是我们的艺术家也不放过。我们在几个地方都看到航海的商船，船并不大，上面画着几个人，好像都已经把船占满了，有点象征主义的味道；但是船外的海涛绝不含糊地告诉我们，这是漂洋过海的壮举。为什么在万里之外的甘肃、新疆大沙漠里，竟然画到海上贸易呢？这一点，我还不十分清楚，也还要推敲而且研究。

总之，洞子共有四百多个，壁画共有四万多平方米，绘画的时间绵延了一千多年，内容包括了天堂、净土、人间、地狱、华夏、异域、和尚、尼姑、官僚、地主、农民、工人、商人、小贩、学者、术士、妓女、演员，男、女、老、幼，无所不有。在短短的几天之内，我仿佛漫游了天堂、净土，漫游了阴司、地狱，漫游了古代世界，漫游了神话世界，走遍了三千大千世界，攀登神山须弥山，见到了大梵天、因陀罗，同四大天王打过交道，同牛首马面有过会晤，跋涉过迢迢万里的丝绸之路，漂渡烟波浩渺的大海大洋，看过佛爷菩萨的慈悲相，听维摩诘的辩才无碍。我脑海里堆满色彩缤纷的众生相，错综重叠，突兀峥嵘，我一时也清理不出一个头绪来。在短短几天之内，我仿佛生活了几十年。在过去几十年中，对于我来说是非常抽象的东西，现在却变得非常具体了，这包括文学、艺术、风俗、习惯、民族、宗教、语言、历史等等领域。我从前看到过唐代大画家阎立本的帝王图，李思训的金碧山水，宋朝朱襄阳朱点山水，明朝陈老莲的人物画，大涤子的山水画，曾经大大地惊诧于这些作品技巧之完美，意境之深邃，但在敦煌壁画上，这些都似乎是司空见惯，到处可见。而且敦煌壁画还要胜它们一筹：在这里，浪漫主义的气氛是非常浓的。有的画家竟敢画一个乐队，而不画一个人，所有的乐器都系在飘带上，飘带在空中随风飘拂，乐器也就自己奏出声音，汇成一个气象万千的音乐会。这样的画在中国绘画史上，甚至在别的国家的绘画史上能够找得到吗？

不但在洞子里我们好像走进了久已逝去的古代世界，就是在洞子外面，我们倘稍不留意，就恍惚退回到历史中去。我们游览国内的许多名胜古迹时，总会在墙壁上或树干上看到有人写上的或刻上的名字和年月之类的字，什么某某人何年何月到此一游。这种不良习惯我们真正是已经司空见惯，只有摇头苦笑。但要追溯这种行为的历史那恐怕是古已有之了。《西游记》上记载着如来佛显示无比的法力，让孙悟空在自己的手掌中翻筋斗，孙悟空翻了不知多少十万八千里的筋斗，最后翻到天地尽头，看到五根肉红柱子，撑着一股青气。为了取信于如来佛，他拔下一根毫毛，吹口仙气，叫“变！”变作一管浓墨双毫笔。在那中间柱子上写一行大字云：“齐天大圣，到此一游。”还顺便撒了一泡猴尿。因此，我曾想建议这一些唯恐自己的尊姓大名不被人知、不能流传的善男信女，倘若组织一个学会时，一定要尊孙悟空为一世祖。可是在敦煌，我的想法有些变了。在这里，这样的善男信女当然也不会绝迹。在墙壁上题名刻名到处可见，这些题刻都很清晰，仿佛是昨天才弄的。但一读其文，却是康熙某年，雍正某年，乾隆某年，已经是几百年以前的事了。当我第一次看到的时候，我不禁一愣：难道我又回到康熙年间去了吗？如此看来，那个国籍有点问题的孙悟空不能专“美”于前了。

我们就在这样一个仿佛远离尘世的弥漫着古代和异域气氛的沙漠中的绿洲中生活了六天。天天忙于到洞子里去观看，天天脑海里塞满了五光十色丰富多彩的印象，塞得是这样满，似乎连透气的空隙都没有。我虽局处于斗室之中，却神驰于万里之外；虽局限于眼前的时刻之内，却恍若回到千年之前。浮想联翩，幻影沓来，是我生平思想最活跃的几天。我曾想到，当年的艺术家们在这样阴暗的洞子里画画，是要付出多么大的精力啊！我从前读过一部什么书，大概是美术史之类的书，说是有一个意大利画家，在一个大教堂内圆顶天篷上画画，因为眼睛总要往上翻，画了几年之后，眼球总往上翻，再也落不下来了。我们敦煌的千佛洞比意大利大教堂一定要黑暗得多，也要狭小得多，今天打着手电，看洞子里的壁画，特别是天篷上藻井上的画，线条纤细，着色繁复，看起来还感到困难，当年艺术家画的时候，不知道有多少困难要克服。周围是茫茫的沙碛，夏天酷暑，而冬天严寒，除了身边的一点浓绿之外，放眼百里惨黄无垠。一直到今天，饮用的水还要从几十里路外运来，当年的情况更可想而知。在洞子里工作，他们大概只能躺在架在空中的木板上，仰面手执小蜡烛，一笔一笔地细描细画。前不见古人，我无法见到那些艺术家了。我不知道他们的眼睛也是否翻上去再也不能下来。我不知道是一种什么力量在支撑着他们，在那样艰苦的条件下给我们留下了这样优美的杰作和惊人的艺术瑰宝。我们真应该向这些艺术家们致敬啊！

我曾想到，当年中国境内的各个民族在这一带共同劳动，共同生活，有的赶着羊群、牛群、马群，逐水草而居，辗转于千里大漠之中；有的在沙漠中一小块有水的土地上辛勤耕耘，努力劳作。在这里，水就是生命，水就是幸福，水就是希望，水就是一切，有水斯有土，有土斯有禾，有禾斯有人。在这样的环境中，只有互相帮助，才能共同生存。在许多洞子里的壁画上，只要有人群的地方，从人们的面貌和衣着上就可以看到这些人是属于种种不同的民族的；但是他们却站在一起，共同从事什么工作。我认为，连开凿这些洞的窟主，以及画壁画的艺术家都绝不会出于一个民族。这些人今天当然都已经不在了。人们的生存是暂时的，民族之间的友爱是长久的。这一个简明朴素的真理，一部中国历史就可以提供证明。我们生活在现代，一旦到了敦煌，就又仿佛回到了古代。民族友爱是人心所向，古今之所同。看了这里的壁画，内心里真不禁涌起一股温暖幸福之感了。

我又曾想到，在这些洞子里的壁画上，我们不但可以看到中国境内各个民族的人民，而且可以看到沿丝绸之路的各国的人民，甚至离开丝绸之路很远的一些国家的人民。比如我在上面讲到如来佛涅槃以后，许多人站在那里悲悼痛苦，这些人有的是深目高鼻，有的是颧骨高而眼睛小，他们的衣着也完全不同。艺术家可能是有意地表现不同的人民的。当年的新疆、甘肃一带，从茫昧的远古起，就是世界各大民族汇合的地方：世界几大文明古国，中国、印度、希腊的文化在这里汇流了；世界几大宗教，佛教、伊斯兰教、基督教在这里汇流了；世界的许多语言，不管是属于印欧语系，还是属于其他语系，也在这里汇流了；世界上许多国家的文学、艺术、音乐，也在这里汇流了；至于商品和其他动物植物的汇流更是不在话下。所有这一切都在洞子里留下了不可磨灭的痕迹。遥想当年丝绸之路全盛时代，在绵延数万里的路上，一定是行人不断，驼马不绝。

宗教信徒、外交使节、逐利商人、求知学子，各有所求，往来奔波，绝大漠，越流沙，轻万生以涉葱河，重一言而之奈苑，虽不能达到摩肩接踵的程度，但盛况可以想见。到了今天，情势改变了，大大地改变了。出现在我们眼前的是流沙漫漫，黄尘滚滚，当年的名城——瓜州、玉门、高昌、交河，早已沦为废墟，只留下一些断壁颓垣，孤立于西风残照中，给怀古的人增添无数的诗料。但是丝路虽断，他路代兴，佛光虽减，人光有加，还留下像敦煌莫高窟这样的艺术瑰宝，无数的艺术家用难以想象的辛勤劳动给我们后人留下这么多的壁画、雕塑，供我们流连探讨，使世界各国人民惊叹不止。抚今追昔，我真感到无比的幸福与骄傲，我不禁发思古之幽情，觉今是昨亦是，感光荣于既往，望继承于来者，心潮起伏，感慨万端了。

薄暮时分，带着那些印象，那些幻想，怀着那些感触，一个人走出了招待所去散步。我走在林荫道上，此时薄霭已降，暮色四垂。朱红的大柱子，牌楼顶上碧色的琉璃瓦，都在熠熠地闪着微光。远处沙碛没入一片迷茫中，少时，月出于东山之上，清光洒遍了山头、树丛，一片银灰色。我周围是一片寂静。白天里在古榆的下面还零零落落地坐着一些游人，现在却空无一人。只有小溪中潺湲的流水间或把这寂静打破。我的心蓦地静了下来，仿佛宇宙间只有我一个人。我的幻想又在另一个方面活跃起来。我想到洞子里的佛爷，白天在闭着眼睛睡觉，现在大概睁开了眼睛，连涅槃了的如来也会站了起来。那许多商人、官人、菩萨、壮汉，白天一动不动地站在墙壁上，任人指指点点，品头论足，现在大概也走下墙壁，在洞子里活动起来了。那许多奏乐的乐工吹奏起乐器，舞蹈者、演杂技者，也都摆开了场地，表演起来。天上的飞天当然更会翩翩起舞，洞子里乐声悠扬，花雨缤纷。可惜我此时无法走进洞子，参加他们的大合唱。只有站在黑暗中望眼欲穿，倾耳聆听而已。

在寂静中，我又忽然想到在敦煌创业的常书鸿同志和他的爱人李承仙同志，以及其他几十位工作人员。他们在这偏僻的沙漠里，忍饥寒，斗流沙，艰苦奋斗，十几年，几十年，为祖国、为人民立下了功勋，为世界上爱好艺术的人们创造了条件。敦煌学在世界上不是已经成为一门热门学科了吗？我曾到书鸿同志家里去过几趟。那低矮的小房，既是办公室、工作室、图书室，又是卧室、厨房兼餐厅。在新中国成立三十年后的今天，生活条件尚且如此之不够理想，谁能想象在新中国成立前那样黑暗的时代，这里的艰难辛苦会达到何等程度呢？门前那院子里有一棵梨树，承仙同志告诉我，他们在将近四十年前初到的时候，这棵梨树才一点点粗，而今已经长成了一棵粗壮的大树，枝叶茂密，青翠如碧琉璃，枝上果实累累，硕大无比。看来正是青春妙龄，风华正茂，然而看着它长起来的人却垂垂老矣。四十年的日日夜夜在他们身上不可避免地留下了痕迹；然而，他们却老当益壮，并不服老，仍然是日夜辛勤劳动。这样的人难道不让我们每个人都油然起敬佩之情吗？

我还看到另外一个人的影子，在合抱的老榆树下，在如茵的绿草丛中，在没入暮色的大道上，在潺潺流水的小河旁。它似乎向我招手，向我微笑，“翩若惊鸿，宛如游龙；荣曜秋菊，华茂春松”，这影子真是可爱极了。我是多么急切地想捉住它啊！然而它一转瞬就不见了。一切都只是幻影。剩下的似乎只有宇宙和我自己。

剩下我自己怎么办呢？我真是进退两难，左右拮据。在敦煌，在千佛洞，我就是看一千遍一万遍也不会餍足的。有那样桃源仙境似的风光，有那样奇妙的壁画，有那样可敬的人，又有这样可爱的影子。从内心深处我真想长期留在这里，永远留在这里。真好像在茫茫的人世间奔波了六十多年才最后找到了一个归宿。然而这样做能行得通吗？事实上却是办不到的，我必须离开这里。在人生中，我的旅途远远不到结束的时候，我还不能停留在一个地方。在我前面，可能还有深林、大泽、崇山、幽谷，有阳关大道，有独木小桥。我必须走上前去，穿越这一切。现在就让我把自己的身躯带走，把心留在敦煌吧。

1979 年 10 月 9 日初稿

1980 年 3 月 3 日定稿

中央电视台南海影视城

对于影视城这种新鲜玩意儿，我不是没有印象和认识的。我已经看过两座了。

十几年以前，我应邀到河北石家庄去讲学。讲完以后，主人热情安排我们到邻近的正定县去参观，这里有拍摄电视剧《红楼梦》时使用过的一个院子，里面大院套小院，大概原书中的潇湘馆、怡红院等等地方都有，当然不能完全像当年真实建筑那样辉煌，只不过是拍摄用的特殊道具而已。大院外面是一条名字与荣国府有联系的大街，街两旁有一些商店，不是真正做买卖用的，也只是道具而已。好像当时还没有“影视城”这样的名称，其实已经具备了现在影视城的规模。这一个大院现存怎样了我不清楚，我再也没有听人提到过它，可它却时不时地会出现在我的回忆中。

第二座就是前几年由女企业家梅子创建的北普陀影视基地，坐落在北京大兴县。我曾应邀去过几次。基地规模极大，据说原是一个垃圾场，梅子出资买了下来，清除了垃圾，一片高楼大厦拔地而起，气势极为雄伟。里面有自成院落的楼群，有艺术培训中心，有供人们开会住宿的大厅和客房。另外有很多座别墅，其中有几座称作总统别墅。另外有一座大庙，内供一百尊南海观世音菩萨，形态各异，美轮美奂。走进里面，香气缭绕，磬声回荡，即使非信徒也会有肃穆之感。院中有一个大湖，花榭游廊，径达湖心亭中。旁边有一个院落，叫作曹雪芹诗词碑林，由当代著名的学者、书法家书写刻石。由此可见基地主人的文化修养。又有一条“宋街”，是按照宋代的建筑形式修建成的，当然这与正定县的荣国府街是一样的，不是为了做生意，而是为了拍摄电影。有一年春天，正是桃花盛开的时候，梅子想请我们去游赏，因事未果。但是我遥想十里桃花怒放的情景，不由想到东坡的词：“春牛春杖，无限春风来海上。便与春工，染得桃花似肉红。”我遐想不已。又有一次，我们到了北普陀，看到大院两端，各竖长竿一根，高达几十米，竿间柱上拴了一条长绳，有河南来的马戏团特技演员在绳上走来走去，还玩出一些花样，仰望如空中飞燕，让人看了无限担惊。从那以后，我好久没有听到北普陀的消息，不知道它现在怎样了。

今天我们居然来到了佛山的南海影视城。事先我脑袋里一点想法都没有，以为不过是一个参观的项目，同其他项目不会有什么两样。然而，一下车，我就傻了眼。大门楼简直像一座大城堡，朝外面的极高极宽的墙壁上，赫然嵌着五个大字：“太平天国城”。我猜想，当年为了拍摄以太平天国为背景的电视片时修建了这一座城。仅从城门外看上去就能够知道，城里面的规模会极为宏伟辽阔，不但非正定县的荣国府大院所能比拟，连大兴的北普陀影视基地也难望其项背。

在进入城门之前，我还想补充一点。在高大的城门洞上面城墙，耸立着一座黄瓦红柱的大殿似的建筑，令人一看到会想到北京的午门和前门，像是箭楼，但比一般的箭楼规模要大得多。这还不足为奇，奇怪的是，覆盖着三个城门洞的城墙，不是短短的一段城墙，而是形成了一段半圆形的城墙，相当长，两端城上各建有角楼一座，名之曰东角楼和西角楼，这在其他地方我还没有见过。在城墙的半环抱中有一个广场，面积当然比不上天安门广场，但是较之莫斯科的红场，绝无多少逊色。总之，人们在走进太平天国城之前，先受到一个下马威，它的雄伟恢宏的气象震慑了你的灵魂。

现在是走进太平天国城的时候了。一走进大门，眼前豁然开朗，我们仿佛走进了北京的故宫。先要走过五龙桥，这就有点像故宫的御河桥，桥两面各有清塘一泓，碧波潋滟，怡神悦目。再往前是前殿，有点像北京的午门，建筑形式也几乎一模一样。再前进是正殿。过了正殿最后是大殿，殿高数层，绮楼金阁，回廊四通，气势恢宏，令人神移。所有这些殿阁，一律是黄瓦红柱，一派帝京气象。虽然规模不及北京故宫，然而留给人的印象，则极有相似之处，让我们这些从北京来的人、逛过故宫的人，恍惚间忘记了自己是在佛山，仿佛又置身北京的故宫中了。

因为园子太大，建筑太多，想要仔细观赏，非有几天的时间不可，那样我们是绝对做不到的。我们仅有几个小时的时间，迫不得已，只好租了两部电瓶车，乘车漫游全园，对全园先有一个概括的印象，然后再重点观赏几处重要的景点，点与面相结合，就算是真正游逛了太平天国城。电瓶车在园子里绕了一周，道路时高时低，弯弯曲曲，两旁的景观随时变化，夹道盛开着南国的名花。有时看到小山，上面挤满了郁郁葱葱的树木，一片碧绿。时见巨石，据说多半是人工制造的。但是，这对我们来说，毫无影响。我们是欣赏者，不是研究者，只要我们眼中是石，心中也自然就是石了。只要能赏心悦目，真假与我何干？又见大小湖泊，清水满塘。这自然不会是人工假造的了。又见零散楼台，与正殿大殿不相联系，依然黄瓦红柱，威仪俨然。

总之，我们坐在电瓶车上，走车观花，走车观景，看到了不知多少美妙的东西，印象庞杂，心旷神怡；虽然仍难免迷离模糊，但是对这一座影视城在心中有了一个比较完整的印象。

还有一些重要景点，大概是因为电瓶车一闪而过，我们没有能下车参观，比如天王府区、东王府、翼王府、杭州府衙、钟鼓楼、江南水乡、江南民居、香港澳门街、梨园大戏院等等名胜，我们都没有下车欣赏，只有候诸异日了。

走车观景，对全园有了一个大体的了解以后，主人建议我们深入参观几个重要景点。而太平天国城，除了固定的景点以外，还有一些并不固定而随时变换的表演节目。这在买门票时我们就知道了，因为随着门票还有一个“演出时间表”，前者是固定的，后者是变动的。我们去的时候，正在上演着一些新节目，大可一饱眼福了。

我们首先选择的是法属大溪地土著风情舞，演出地点是水乡区舞台。我们的电瓶车开到的时候，舞蹈已经开始了。既然是在“水乡区”，此地一定多水。看台建筑在水乡边上，居高临下，有几十层台阶。表演地是在深深的下面平地上，三面环水，中有一岛，水上有桥，表演者有时是在桥后，有时又走过桥来。他们的队伍看来是相当庞大的，男女老幼都有。最引人注目的可能是一群年轻的女孩子的舞蹈。因为我在埃及开罗看到过全世界闻名的女孩子的肚皮舞，极富特色，极富吸引力，为全世界任何民族所无。我对舞蹈不是内行，但是我感到眼前这些非洲女孩子的舞蹈颇有点像埃及的肚皮舞，难道这是一种非洲独特的舞风吗？除了舞蹈以外，还有歌唱，歌唱者男女都有。我想在场没有什么人会听懂歌唱的内容的，因为歌词据说是斯瓦希利语。在这样一个纯粹中国古典式的园林中，听到了这样充满了异域风情的歌声，而中非两地的观众和演唱者却能心心相印，这不能不说是大千世界和谐的表现，是不同肤色、不同语言的人民的心灵相通了。

演出结束以后，看台上一片掌声。我们那位开电瓶车的极为机灵的小伙子，不知道是怎样一来，竟走下了台阶，走到非洲演员的队伍中，同那些女孩子手拍手地对舞起来。汉云和玲玲也把我从车上扶下，同玉洁一起，走下了台阶，走到非洲艺术家队伍中。我知道，他们大概都能说一点法语，便讲了几句法语，对他们表示感谢和赞美。我万没有想到，这几句法语竟有这样大的神力。舞蹈队伍中一位年龄最大的人，可能是他们的领队，一下子把我搂住，跟我拥抱起来，并把他头上戴的一顶草帽盖在我的头上，还摘下脖子上挂的一串用白色贝壳穿成的项链，套在我的脖子上。我一时手足无所措，却感到对方赤着上身的体温，温得我心神激动。我顿时想到白居易的两句诗："同是天涯沦落人，相逢何必曾相识。"这诗只对了一半，我身居祖国，并未沦落，而他却是不远数万里从西非流落到中国来卖艺为生，是地地道道的天涯沦落人。他难道不日夜怀念自己的祖国吗？同情心冲击着我的灵魂，我眼中流出了泪水。但是，时间只有几分钟，我们相逢的缘分也就仅有这么长。我回头登上了台阶，说了声 Anrevoir，“明日隔山岳，世事两茫茫”了。

从那里我们乘上了电瓶车，走到了水战馆，观看“靖港水战”。水战的内容和情节都不清楚。但是设备却极具规模，一个宽大的水塘，中间用木板、木柱搭成了许多架子和平台，还有一座木板大桥。架子最高的地方约莫有几十丈高，像是一艘军舰上的指挥塔，这可能是当年拍太平天国的影视剧时当作军舰使用的。这一次“靖港之战”，实际上是一场跳水表演，有的演员从桥上往下跳，有的从木架子上往下跳，技术最高的则从指挥塔上往下跳，几十丈高，演员入水时，当然会水花四溅。一时水塘中波浪汹涌，人声鼎沸，记得还有烟火一类的东西；虽无情节，仍然蔚为奇观。看台上一时掌声雷动。我没有看清楚，不知怎样一来，一位小伙子从水中跃出，走到看台前面，浑身滴着水，用湿漉漉的手，同坐在前排的人——我们也坐在那里的——一一握手，嘴里连声呼“hello”不已。这立刻引起了我的警觉，仔细一瞅小伙子，竟是碧眼黄发，并非炎黄子孙。同刚才碰到的非洲人一样，我又浮想联翩：难道这是流落到中国来打工献艺的“天之骄子”吗？过去都是中国人到欧美去打工，现在竟也有欧美人到中国来打工了，岂不大快人心也哉！

我们的电瓶车又移动了，驶到了马戏场去看“三英战吕布”。这是一个极大场子，坐落在一块洼地上，与靖港水战区相连。看台高高地建筑在崖子上，居高临下，对场子里面的活动可以一览无余。我们的电瓶车走过崖子上面时，看到一两百名十几岁的男孩子，身穿黄色的兵卒的衣服，大概是等候入场跑集体龙套的，他们喜笑颜开，快活非常，让人看了高兴。我们走到看台上，坐在前排。不久，崖下广场上战斗就开始了，左边一彪人马，旌旗招展，威武雄壮，将军骑在马上，步卒停驻马下。右边同样一彪人马。两军对垒，表演的是《三国演义》"虎牢关三英战吕布"那个节目，刘、关、张三英在左方，吕布在右方。只见一匹战马飞也似的从左边跃出，右面的吕布出马迎战，没有战上两三回合，吕布方天画戟一举，把对方的战将挑于马下，人躺在地上，战马跑回本营。如此这般，吕布连挑四五员大将。最后，刘、关、张三英出马，大战一场，刀枪齐举，花样繁多，战了不知多少回合，不分胜负，双方鸣金收兵。一场大战，从而结束。三英和吕布驰马绕场一周，皆大欢喜。

我们又登上电瓶车，走马观花式地参观了城中的几个景点，看了看吴桥杂技表演，听了听编钟演奏，都能怡情娱性，各有所长。太平天国城太大，我们的时间太短。几个小时的逗留，对全城有了一个大体的了解，对城中的特色也有了比较深刻的印象。要说是尽兴，那就相距太远了。希望有朝一日还能回到这里来。我们就这样一步三回首地离开了太平天国城。

德里风光

在印度，德里不是最古的城，也不是最美的城。但它却是一个很有个性的城。游过一次，终生难忘。

而我游德里，不是一次，是三次。

第一次是在新中国成立初期。我当时被招待住在总统府内。这是一座红砂石垒成的建筑。从下面乘车走上去，经过一片开阔的草地和马路，至少有三四里路，两旁也都是一座座宫殿式的建筑。走到尽头，一座规模极大的建筑，矗立在眼前，宏伟巍峨，气势逼人。印度古代神话中吉罗娑神山顶上的神仙宫阙，大概也不外就是这个样子。这就是印度的总统府。

德里的名胜古迹，当然不限于总统府。从古迹的角度来看，总统府是算不上数的。你如果问一个本地人：什么古迹最有名？他会毫不犹豫地回答：红堡。第一次来，因为住在总统府内，所以先参观了总统府，然后才参观红堡。第二次、第三次来，我就径直地参观红堡。

红堡的建筑风格，同总统府是完全不相同的。同阿格拉的红堡一样，它修建于16世纪莫卧儿王朝。顾名思义，它是红色的伊斯兰式的建筑。但这红色仅仅只限于城墙。人们一进去，里面的楼、台、殿、阁却另是一种颜色。这些建筑基本上都是用灰白色的大理石建造的。大坪石柱上、壁上，都镶嵌着许多红、绿、黄、紫的宝石，衬着灰白色的大理石，相映成趣，闪闪发光。来到这里，人们很容易想到伊斯兰的文化，想到古代伊朗的文学艺术，想到阿拉伯的《一千零一夜》，做起伊斯兰的梦来。

完全可以同红堡媲美的是库图布高塔。高塔周围的建筑群，在风格上，可以明显地分为两类：一类是印度古代固有的风格，一类是后来传进来的伊斯兰风格；泾渭分明，但又和谐。原来大概都是印度古式建筑，信伊斯兰教的统治者来到以后，拆旧建新，就成了现在这个样子。拆建的痕迹，赫然在目。印度古式建筑，远远望去，黑乎乎一片，有点“浓得化不开”；细看却是精雕细刻，栩栩如生。如果借用一句中国论诗的话来形容，那就是：沉郁顿挫。伊斯兰风格完全相反，线条简明，也借用一句中国论诗的话：清新俊逸。两种风格相映成趣，成为印度、印回两大文化的象征。

高塔是德里最高的建筑，共有五层，高约二十二丈，建于12世纪末叶，至今已有七八百年的历史。建筑风格是典型的伊斯兰式，与印度古代的塔（窣堵波）完全不同。我先后三次登上高塔，每次攀登的时候，总不由自主地想到唐代著名诗人岑参《与高适薛据登慈恩寺浮屠》的诗：

塔势如涌出，
孤高耸天宫。
登临出世界，
蹬道盘虚空。

这样的诗句，用来形容这一座高塔，不是非常合适的吗？

德里的名胜古迹还多得很，一篇短文是介绍不完的，我也就不再介绍了。

不管这些名胜古迹给我留下了多么深刻的印象，离开了人的名胜古迹，即使再美，也是一堆没有生命的东西。最使我难忘的还是印度人民的友情。这种深厚的友情，以这些名胜古迹为背景，二者相得益彰，才真是终生难忘。四年前，我第三次访问印度，在德里大学受到无比热烈的欢迎。那些可爱的印度大学生，一双双温暖的手，一双双热情的眼睛，真使我感动极了。我这样一个微不足道的人，为什么能受到这样的欢迎呢？他们是把我当作中国人民的一个代表，这种热烈的友情是针对中国人民的，我不过碰巧成为接受者而已。友情，同名胜古迹，同总统府、红堡、高塔不一样，无法用图片来表达，它没有形体，没有颜色，但有重量，就让我把印度人民极重极重的友情，贮藏在我的内心深处吧！

1982 年 12 月 11 日

逛鬼城

豪华旅游轮“峨眉号”靠了岸。细雨霏霏，轻雾漫江，令人顿有荒寒之感。但一听到要逛鬼城丰都，船上的人，不管是中国人，还是日本人和韩国人；不管是老还是少，不管是男还是女，无不兴奋愉快，个个怀着惊喜又有点紧张的心情，鱼贯上了岸。

为什么对鬼城这样感兴趣呢？道理是不难明白的。一个活生生的人，在光天化日之下，要进鬼城游览，难道还有比这更富有刺激性的事情吗？

至于我自己，我在小学时就读过一本名叫《玉历至宝钞》的讲阴司地狱的书，粉纸石印，质量极差，大概是所谓“善书”之类，但对于我却有极大的吸引力。你想一想，书中图文并茂，什么十殿阎罗王，什么牛头、马面，什么生无常、死有份，什么刀山、油锅，等等。鲁迅所描绘的手持芭蕉扇、头戴高帽子的鬼卒，也俨然在内。这样一本有趣的书，对一个小孩子来说，比起那些言语乏味的教科书来，其吸引力之强真有若天壤了。

这样一本书，我在昏黄的油灯下，不知道翻看过多少遍。我对地狱里的情况真可以说是了若指掌。对那里的法规条文、工作程序也背得滚瓜烂熟。如果我到了那里，不用请律师，就能在阎王爷跟前为自己辩护，阎王爷对我一定毫无办法。至于在阴司里走后门、托人情，我也悟出了一点门道。因此，即使真进阴司，我也坦然、怡然，总有办法证明自己是一个好人，无所畏惧。

后来，我读西洋文学，读过但丁的《神曲》。再后一点，我又研究佛教，读了不少佛经，里面描绘阴司地狱的地方，颇为不少。我知道了，中国的阴司原来是印度的翻版，在印度原有的基础上，又加以去粗取精，深化改革，加以中国化，《玉历至宝钞》中的地狱描绘就是这样来的。尽管我对于自己的学识，从来不敢翘尾巴，但是对自己的地狱学却颇感自傲。而且对西方的地狱，正像但丁描绘的那样，极为卑视，觉得那太简单了，同东方地狱之博大精深相比，真如小巫见大巫。由此我曾萌发一个念头，想创立一门崭新的学科：比较地狱学。我深信，如果此学建成，我一定能蜚声国际士林，说不定就能成为诺贝尔奖奖金的候选人哩。

就这样，在即将进入鬼城的时候，我心里胡思乱想，几十年来对地狱的一些想法，一时逗上心头。在江雨霏霏中，神驰于三峡之外，仿佛已经走进地狱了。

多少年来，久闻丰都城的大名。我原以为丰都城会是在地下一个什么大洞中，哪能把阴司地狱摆在人世间繁华的闹市中呢？事实上，四川丰都的鬼城确实是在繁华的闹市中。要到那里去，不是越走越深，而是拾级而上，越爬越高，地狱原来是在山顶上。山门牌坊上写着“鬼城”和“天下名山”六个大字。一进山门，就一路拾级而上，到达山顶，据说共有六百一十六级，从台阶数目上来看，恐怕要超过泰山南天门了。

山门内山明水秀，树木葱茏。时届深秋，浓绿中尚有红色和黄色的小花闪出异样的光彩，耀人眼睛。石阶砌得整整齐齐，花坛修得端端正正，毫无阴森凛冽之气。不信阴司地狱的外国旅游者当然不会有什么恐怖之感，连有些信阴司地狱的中国人也不会有这样的感觉。跟着我们走的导游小姐，是一个十七八岁的苗条秀丽的中学毕业生。她讲解得生动有趣，连印度神话中的阎摩(yama)和阎弥(yami)她都讲得头头是道。我搭讪着跟她聊天——

“你天天在阴司地狱里走，不害怕吗？”

“不害怕，只觉得很好玩。”

“你信不信阴司地狱？”

“不信。我的婆婆(奶奶)有点信的。”

“你为什么干这个工作？”

“我中学毕业后，上过训练班。有一门课，专门讲有关地狱的知识。”

“这鬼城里的老百姓不觉得阴森可怕吗？”

“一点也不，惯了。他们根本不想这里是鬼城！”

“你看过《玉历至宝钞》吗？”

“没有。”

我于是把书名告诉她，希望她能扩大关于地狱的知识面，把导游工作做得更丰富，更生动，更有趣。

同小女孩谈话以后，我原来那一点紧张别扭的心情一扫而光。还是专心致志地逛鬼城吧，我心里想。

山越爬越高，楼阁台榭等等建筑越来越多。真个是：“五步一楼，十步一阁。廊腰缦回，檐牙高啄。各抱地势，钩心斗角。”我没有见过阿房宫，我不知道，阿房宫是不是就是这个样子。反正这里的楼台殿阁真够繁复，真够宏伟。大概《玉历至宝钞》中所提到的楼阁，这里都有，而且还多出来了许多那里不见的宫殿。粗粗地数一下，就我记忆所及，就有下面的这些殿：报恩殿、寥阳殿、星辰墩、玉皇殿、曜灵殿，等等。报恩殿里塑着如来佛大弟子大目连的像，来自印度的“目连救母”的故事，在中国民间广泛流传。玉皇殿里供的当然就是天老爷。让我惊奇的是两边的众神像中，竟赫然有孙膑站在那里。孙膑同天老爷有什么瓜葛呢？这道理我还没有弄明白。

至于有名的鬼门关、奈河桥等等，这里当然不会缺少。有趣的是奈河桥，确实是一座石桥，也并不威武雄壮。可是导游小姐却突然提高了声音说，谁要是能三步跨过这一座桥，就会有什么什么好处。大家一听，兴致猛涨，都想登桥尝试一下。我努了努力，用四步跨了过去。有的个儿矮的人，用五六步才能跨过。而身高一米九二、鹤立鸡群的冯骥才，只用了一步半，就跨过了奈河桥。大家一起起哄，说冯得到的好处最多。我自己虽然是落了第，恐怕得不到多少好处了，但我也不后悔。一个人如果真正到了奈河桥上，人世间的好处对他还有什么意义呢？即使是诺贝尔奖、奥斯卡奖，不也等于镜花水月了吗？

在另一个地方，好像是一座大殿的前面或者后面，在一个牌楼前，有一个石砌的四方形的栏杆，中间有一个球形的东西嵌在地面上，是铜？是铁？看不清楚，反正是非常光滑，闪着白光。导游小姐说，谁要是用一只脚，男左女右，在球上站上两秒钟，眼睛看着前面什么地方的四个字，他又会得到什么什么好处。干这种玩意儿，我绝不后人。我走上去，站在球上，大概连半秒钟都没有，脚就滑了下来。我当然又不能得到那些好处了。我毫不在意。我那阿 Q 思想又抬了头：阴间的玩意儿实在非凡的平庸，即使能站上两秒钟，又如何呢？

又到了一个什么殿，看到了地狱里的人事部长，手持生死簿，威风凛凛地站在那里。导游小姐高声问："有姓孙的没有？有属猴的没有？"我们团里的孙车民碰巧没有在，也没有什么人自报属猴。导游小姐说："当年孙悟空大闹天宫，跑到阴司地狱里来，一手抢过生死簿，把自己的名字一笔勾掉，从此姓孙的和属猴的就都簿中无名，阎王爷没有办法召唤他们了。”我突然想到，阴司地狱里的管理工作真也应该加以改革，必须现代化了。如果把生死簿中的名字输入电脑，孙猴子本领再大，也无法把自己的名字勾掉了。岂不猗欤休哉！

在北京的时候，我曾多次说过，到八宝山去，要按年龄顺序排一个队，大家鱼贯而进，威仪俨然，谁也不要躐级抢先，反正我自己绝不会像买稀罕的物品一样，匆匆挤上前去夹塞。我们走，要走得从容不迫，表现出高度的修养。现在到了鬼城，方知道自己既不姓孙，也不属猴，是生死簿上有名的，是阎王老爷子耀武扬威欺凌的对象。心里颇有点愤愤不平。我胆子最小，平生奉公守法，不敢越雷池一步。但是此时我却忽然一反常态，决心对阎王爷加以抵抗。不管催命鬼的帽子戴得多高，也不管“你也来了”四个字写得多大，我硬是不走，我想成为一个我生平最讨厌的钉子户。对阴司的律条我是精通的，同阎王爷辩论，我绝不会输给他。

也许有人会问：“你这样干，不怕阎王老子那些刀山、油锅吗？”是的，刀山、油锅当然令人害怕。但是，当我们走到填满了阴司地狱里酷刑雕塑的房间时，天已经暗了下来。我们只是隔着玻璃窗子，影影绰绰地匆匆忙忙地看到了一点刀山、油锅的影子，并没有怎样感到恐怖。有人说，有心脏病的人千万不要来逛鬼城，怕受不住刀山、油锅的惊吓。我看，这些话确实夸大了。我也是戴着冠心病帽子的老人，但是我看完了刀山、油锅，依然故我，兴致盎然，健步如飞，走下山来。

我性子急，上山走在最前面，下山也走在最前面。别人还没有下来，我就坐在一棵大树下的石头栏杆上休息了。陆续有人下来了，见了我都说："季老！你做得对！山你是上不去的，坐在这里休息该多好呀！"当他们知道我已经上过山时，都多少有点吃惊。此时有人问那个活泼可爱的导游小姐，让她猜一猜我的年龄。她像在拍卖行里一样，由六十岁起价。别人说"太低"，她就逐渐提高。由六十岁经过几个步骤猜到七十岁。她迟迟疑疑，不愿意再提高，想一锤定音。经许多旁边的人多方启发、帮助，她又往上提高，几乎是一岁一步，到了八十，她无论如何也不想再提了。尽管大家嚷着说："不行，还要高！"小女孩瞪大了眼睛，不再说话了。在惊愕之余，巧笑倩兮。

这一小小的插曲颇为有趣，它结束了我的鬼城之游。

我们辞别了鬼城，辞别了导游小姐，回到船上，立即整装，参加总结酒会。接着是大宴会，觥筹交错，笑语连声，灯光闪耀，有如白日。仅在半点钟前的鬼城之游，早已成为回忆中的一点影子。如果此时站在鬼城上下望我们的游轮，这一艘正在漫漫的长江中徐徐开动的游轮，一定像一团熠熠熠耀的光辉。

1992年10月17日

海德拉巴

我脑海里有两个海德拉巴：一个是二十七年以前的，一个是今天的。

二十七年前，当我第一次访问印度时，我曾来到这里，而且住了三四天之久。时间相隔既然是这样悠久，我对海德拉巴的记忆，就只剩下了一些断片，破碎支离，不能形成一个清晰的整体。在一团灰色的回忆的迷雾中，时时闪出了巨大的红色的斑点，这是木棉花。我当时曾惊诧于这里木棉树之高、之大，花朵开得像碗口那样大，而且开在参天的巨树上，这对于我这生长在北国的人来说，确实像是一个奇迹，留在脑海里的印象就永生难忘了。

但是，除了木棉花之外，再也不能清晰地回忆起什么东西来。只还记得住在尼扎姆的迎宾馆中，庭院清幽，台殿阒静，绿草如茵，杂花似锦；还有一些爬山虎之类的蔓藤，也都开着五彩斑斓的花，绿叶肥大，花朵绚丽，红彤彤，绿油油，显出一片茂盛热闹的景象。至于室内的情况，房屋的结构，则模糊成一团，几乎完全回忆不起来了。

我们到海德拉巴的第一天晚上，就到一个富丽堂皇的宫殿般的邸宅里去拜会尼扎姆的一位兄弟还是什么亲属，我记不清楚了。印度著名的女诗人奈都夫人好像同他也有什么亲戚关系。奈都夫人的女儿陪我们游遍全印。我们就在这里遇到奈都夫人的弟弟。他对我们非常热情，同我们谈到印度农民的生活情况、他们每年的收入，以及他们养的牛和收成，等等，给我留下了深刻的印象。同印度上流社会的人物谈印度农民，这是比较少见的事。从他的言谈中，我体会到，他对印度农民怀有深切的关怀。这当然使我很受感动。他说话的情态，说话时的眼神，至今一闭眼仿佛就出现在眼前。我的印象：印度各阶层的人，许多都是希望同中国加强联系，继承和发扬我们两国人民之间的传统友谊的。

二十七年前的海德拉巴留给我的印象就只剩下了这一点点。如果需要归纳一下的话，我可以归纳为八个字：清新美妙，富丽堂皇。

转瞬间，时间竟过去了二十七年，今天我又来到了海德拉巴。我看到的却完全是另一番景象：拥挤不堪的街道，熙熙攘攘的人群，中间奔驰着横冲直撞纵横交错的各种车辆。20 世纪的汽车、摩托车，同公元前的马车、牛车并肩前进，快慢悬殊，而且好像是愿意怎样走就怎样走，愿意在什么地方停，就在什么地方停，这当然更增添了混乱。行人的衣着也是五光十色，同这一些车辆配合在一起形成了一幅色调迷乱，但又好像有着内在节奏的图画；奏成了一曲喧声沸腾，但又不十分刺耳的大合唱。

这就是我看到的今天的海德拉巴。如果需要归纳一下的话，我也可以归纳为八个字：喧阗吵闹，烟雾迷腾。

我有点迷惘，有点不解：难道这就真是海德拉巴吗？我记忆中的海德拉巴完全不是这个样子的，那一个海德拉巴要美妙得多，幽静得多。但是我眼前看到的确实就是这个样子。那么究竟哪一个海德拉巴是真实的呢？两个当然都是真实的，但是两个似乎又都不够真实。最真实的只有印度人民对中国人民的深情厚谊。二十七年前是这样，今天仍然是这样。这一点是丝毫也不容怀疑的。

在海德拉巴，同在印度其他大城市一样，我们接触到的人民，对我们都特别友好。我们在这里参加过群众大会，也是人山人海，万头攒动，花环戴得你脖子受不住，眼睛看不见，花香猛冲鼻官，从鼻子一直香到心头。我曾到奥斯玛尼亚大学去参加全校欢迎大会，教授和学生挤满了大礼堂。副校长（在印度实际上就是校长）亲自出面招待，主持大会，并亲自致欢迎词。他在致辞中说，希望我讲一讲教育和劳动的问题。我感到这个题目太大，大有不知从何处说起之感，临时决定讲中国唐代研究梵文的情况，讲到玄奘，讲到义净的《梵语千字文》和礼言的《梵语杂名》等等，似乎颇引起听众的兴趣。我知道，在印度，只要讲中印友谊，必然博得热烈的掌声，在海德拉巴也不例外。我们也参加了中印友好协会海德拉巴分会举行的欢迎大会。这次大会开得颇为新颖别致，同时却又生动热烈。大家都盘腿坐在地上，主席台上下完全一样。台上铺着极大的白布垫子，我们都脱掉鞋子坐在上面。照例给中国朋友大戴其花环。黄色花朵组成的花环，倒也罢了；红色玫瑰花组成的花环却引起了一点不安。鲜红的玫瑰花瓣从花环上不停地往下掉落，撒满了坐垫，原来雪白的坐垫，一下子变成了红色花毯。我们就坐在玫瑰花瓣丛中。坐碎了的花瓣染得白布上点点如桃花，芬芳的香气溢满鼻孔，飘拂在空中。我们就在这香气氤氲中倾听着中印两国朋友共颂中印友谊。

所有这一切当然都给我留下难以忘怀的甜蜜的回忆。但是最难以忘怀、最甜蜜的还是对海德拉巴动物园的参观。

印度许多大城市都有动物园。二十七年前我到印度的时候，曾经参观过不少。并且有的规模非常大，比如加尔各答的动物园，在世界上也是颇有一点名气的。印度由于气候的关系，动物繁殖很容易，所以动物的种类很多，数量很大。大象、猴子和蛇，更是名闻世界。海德拉巴的动物园并不特别大，里面动物也不算太多，但是却具有几个其他动物园没有的特色。为了让濒于绝种的狮子能够自由繁殖，人们在这个动物园里特别开辟了一大片山林，把狮子养在里面。一头雄狮可以带多至八个母狮，它们就这样组成了一个狮子家庭，自由自在地生活在荒草密林中，而要参观狮子的人却必须乘坐在带铁笼子的汽车里，开着汽车，到处寻觅狮子。陪我们参观的园主任很有风趣地说："在别的地方是动物被锁在铁笼子里，让人来参观。在这里却是人被锁在铁笼子里，让动物来参观。"我们心惊胆战地坐在车上，在丛莽榛榛的密林中绕了许多圈子，终于在一片树林中发现了狮子家庭。我们的心情立即紧张起来，原以为它们会大声一吼扑上前来。然而不然。狮子家庭怡然傲然躺在地上树荫里，似乎在午睡。听到汽车声，一动也不动。有几只母狮只懒洋洋地把眼睁了睁，又重新闭上，大有不屑一顾之状。我们都有点失望了，没有得到我们心中所期望的那种惊险。我们喊了几声，狮群也是置之不理，我们的汽车停了一会儿，就又重新开出门禁森严的狮子林。我们都是生平第一次坐在铁笼里被野兽来欣赏。这当然别有风味在心头，我们也就都很满意了。

出了狮子林，又进老虎山。这里的老虎山也别具特色。我们到的时候，老虎还在山中河畔奔跳嬉戏。饲虎人发出了一声怪调，老虎立刻跑回到铁栅栏里，饲虎人乘机把一个铁门放下来，挡住了老虎的退路。老虎只好待在一个几丈见方的铁栅栏里，来回地绕圈子。这时园主任就亲切地招呼我们把手从铁柱子的缝隙里伸进铁栅栏去摸老虎。我们开头确实有点胆怯，手想伸又缩。中国俗话说“老虎屁股摸不得”，这话早已深入人心，老虎如何能去摸呢？但是园主任却再三敦促解释，说这老虎是在动物园里养大的，人抚摩它，它会感到高兴，吼上两声，是表示它内心的快乐，绝无恶意，用不着害怕。他并且还再三示范，亲自把手伸进铁栅栏，抚摩老虎的脖子和屁股。我也就战战兢兢地把手伸了进去，摸了一下老虎的屁股。中国俗话说是摸不得的东西我终于摸了，这难道不是一生中难以忘怀的事情吗？

我们转身又去看一只病豹，它被夹在一个铁笼子里，不能转身，不能乱动，这样医生就可以随意给它扎针注射。我们还去看了一只小老虎。园主任说，这只小老虎从小养在他家里，他的小孩就同它玩，像一只小猫似的。现在，不过才八个月，但已经知道龇牙咧嘴，大有不逊之意，不像小时候那样驯服好玩，只好把它关在笼子里了。

我们就这样参观了海德拉巴的动物园。这一切都可以说是奇遇，都是毕生难忘的。但是，这一切之所以难忘，并不在于猎奇，而在于印度劳动人民对我们自然流露出来的友好情谊。据我了解，在印度饲养狮虎的人大抵都是出身于低级种姓的劳动人民。我们刚进动物园的时候，并没有注意到他们，因为他们好像影子似的悄悄地走路，悄悄地干活，不发出一点声音。仿佛到了狮子林老虎山，他们才突然出现在我们眼前。狮子林中，老虎山上，饲养员就是他们这一些人。另外还有一个狮子山，里面养着几头狮子，同前面讲的狮子林不是一回事，在这里狮子是圈在一片山林中的，人们站在壕沟旁边来欣赏它们。一个皮肤黝黑的饲养员发出一种类似“来，来”的声音。这当然不是中文的“来”，而好像是狮子的名字。听到呼喊自己的名字，猛然从密林深处响起一片惊雷似的怒吼，一头大雄狮狂奔过来。山洞中怒吼的回声久久不息。我们冷不防吃了一惊，我们下意识地就想躲开，但一看到前面的壕沟，知道狮子是跳不过来的，才安定了心神，以壕沟对面的雄狮为背景，大照其相。

到了此时，我才认真注意到这位饲养员的存在，如果没有他，我们是无论如何也无法把狮子叫过来的。我默默地打量着那位淳朴老实的印度劳动人民，心里油然兴起感激之情。

在上面讲到的狮林虎山中，照管狮子老虎的也同样是这些皮肤黝黑的劳动人民。他们大都不会讲英语。连我在二十七年前住在印度总统府中时遇到的那一位服务员也不例外。我们无法同他们攀谈，不管我们的主观愿望是如何的迫切。但是，只要我们一看他们那朴素的外表、诚恳的面容、和蔼的笑貌、老实的行动，就会被他们吸引住。如果再端详一下他们那黧黑的肤色，还有上面那风吹日晒的痕迹，我们就更会感动起来。同我们接触，他们不免有些拘谨，有些紧张，有些腼腆，甚至有些不知所措。但是他们那一摇头、一微笑的神态，却是充满了热情的。此时无言胜有言，这些无言的感受反而似乎胜过千言万语。语言反而成为画蛇添足的东西了。至于他们对新中国是怎样了解的，我说不清楚。恐怕连他们自己也说不清楚。他们可能认为中国是一个很神秘的国家，一个非常辽远的国家，但又是一个很友好的国家。他们可能对中国有一些不切实际的幻想。但是他们对中国有感情，对中国人民有感情，这是一眼就可以看出来的。至于像园主任这样的知识分子，他们都能讲英语，我们交流思想是没有困难的。他们对中国、对中国人的感情可以直接表达出来。此时有言若无言，语言作为表达人民之间的感情也是未可厚非的了。

我现在不再伤脑筋去思索究竟哪一个海德拉巴是真实的了。两者都是真实的，或者两者都不是真实的，这似乎是一个玄学的问题，完全没有回答的必要。勉强回答，反落言筌。不去回答，更得真意。海德拉巴的人民，同印度全国的人民一样，都对中国人民友好。因此，对我来讲，只有一个海德拉巴，这就是对中国友好的海德拉巴。这个海德拉巴是再真实不过的，我将永远怀念这样一个海德拉巴。

1979 年 2 月 21 日

汉城忆燕园

自己年事已高，最近几年，立下宏愿大誓：除非万分必要，不再出国。这个想法应该说是合情合理的，然而却难以贯彻。最近承蒙老友金俊烨博士推毂、韩国国际交流财团邀请，终于又一次来到了美丽的汉城，情不可却也，然而我却是高兴的。

距上次访问，时间已有四年。我虽年迈，尚未昏聩。上次访问的记忆，不用粉刷，依然如新，情景巨细，历历如在目前。韩国经济腾飞之迅猛，工业技术之先进，农村田畴之整齐，山川草木之葳蕤，在在给人留下深刻印象。仅以汉城而论，摩天高楼耸入蓝天，马路上车水马龙，日夜不息。深夜灯火光照夜空，简直能够同东京有名的银座相比。更令人难忘的是韩国人民之彬彬有礼，韩国友人之拳拳情深。总之，上一次的短暂访问是毕生难忘的。

可是为什么我这样一个喜欢舞笔弄墨的人竟一篇文章也没有写出来呢？对于这一点我自己都有点惊奇。然而理由是很明显的。我的情感越是激动，越是充沛，我越难以动笔，越是不想动笔。我想把这种感情蕴藏在自己脑子里，自己玩味，仿佛一动笔就亵渎了它，就泄露了天机。现在又来到了汉城。旧地重游，旧友重逢，又增添了新的朋友，而汉城本身也似乎更美丽了，更繁华了。我的感情仿佛也增加了新的激动。自己暗暗下定决心：这是泄露天机的时候了，文章非写不行了。然而实在真是大大地出乎我的意料：我在构思时，眼前的汉城依然辉煌，我的心灵深处涌出来的却是怀乡思家之情，其势汹涌澎湃，不可抗御。身在汉城，心怀燕园。古人说："一日不见，如三秋兮。"我离开燕园不过几天，却似乎是已有几年了。

我是在想家吗？绝不是的，实际上，我现在已经没有什么家。我一个人就是家，我一个人吃饱了，全家都不挨饿。我正像一个蜗牛，家就驮在自己背上，我走到哪里，家也就带到哪里。要说想家，只想一想自己就够了。

然而我确实还是想家。我现在觉得，全世界我最爱的国家是中国；在中国我最爱的城市是北京；在北京我最爱的地方是燕园；在燕园我最爱的地方是我的家。什么叫我的家呢？一座最平常不过的楼房的底层，两个单元，房屋六间，大厅两个。前临荷塘，左傍小山。我离开时，虽已深秋，塘中荷叶，依然浓绿，秋风乍起，与水中的倒影共同摇摆。塘畔垂柳，依然烟笼一里堤。小山上黄栌尚未变红，而丰华月季，却真名副其实，红艳怒放，胜于二月春花。刚离开几天，我用不着问："来日绮窗前，寒梅著花未？"可我现在却怀念这些山水花木。

我那六间房子，绝不豪华，也不宽敞。然而几乎每间都堆满了书，我坐拥书城，十分得意。然而也有烦恼。书已经多到无地可容，连阳台和对面房子里的厨房和大厅都已堆满，而且都达到了天花板。然而天天仍然是"不尽书潮滚滚来"。我现在怀念这些不会说话又似乎能对我说话的书。

同书比较起来，更与我亲如手足的是我那十几箍铁柜中收藏的我的手稿和我手抄的资料。由于我是个"杂家"，所以资料的范围极广，数量极大。六七十年来，我养成了"随便翻翻"（鲁迅语）的习惯，什么书到手，我先翻翻。只要与我的研究或兴趣有关的资料，我都随手抄下。手头有什么，就用什么抄。纸张大小不一，中外兼备。连信封、请柬和无用的来信的背面，都抄满了资料。积之既久，由几张而盈寸，由盈寸而盈尺，由盈尺而盈丈。我没有仔细量过，但盈丈绝非虚语。人们常说"著作等身"，我的所谓"著作"等多少，先不去说它，资料等身，甚至超过等身，却是确确实实的事实。多少年来，我天天泡在这些资料和手稿里。现在竟几天不见，我的资料和手稿如果有灵，也会感到惊诧的。我现在怀念这些作为亲密朋友的资料和手稿。这些东西，在别人眼中，形同垃圾，在我眼中，却如同珍宝。倘若一不小心丢上一张半页，写文章时可能正是关键的资料。这些东西有时候是可遇而不可求的。它们身上凝结着我的心血，凝结着我兀兀穷年溽暑酷寒的心血。我现在深深地怀念这些资料和手稿。

上面说的都是些没有生命的山水花木和资料手稿。这些东西比较起来，更重要的当然还是人。一年多以来，我陡然变成了“孤家寡人”。我这个老态龙钟的耄耋老人，虽然还并没有丧失照顾自己的能力，但是需要别人照顾的地方却比比皆是。属于我孙女一辈的小萧和小张，对我的起居生活、交际杂务，做了无微不至的充满了热情的工作，大大地减少了我的后顾之忧。我们晨夕相聚，感情融洽。在这里，我不想再用“宛如家人父子”一类现成的词句，那不符合我的实际。加劲的词儿我一时也想不出来，请大家自己去意会吧。除了她俩，还有天天帮我整理书籍的、比萧和张又年轻十多岁的方方和小李。我身处几万册书的包围之中，睥睨一切，颇有王者气象。可我偏偏指挥无方，群书什么阵也排不出来。我要用哪一本，肯定找不到哪一本。“只在此室中，书深不知处”，等到不用时，这一本就在眼前。我极以为苦。我曾开玩笑似的说过：“我简直想自杀！”然而来了救星。玉洁率领着方方和小李，杀入我的书阵中。她运筹帷幄，决胜斗室，指挥若定。伯仲伊吕，大将军八面威风，宛如风卷残云一般，几周之内，把我那些杂乱无章、不听调遣的书们，整治得规规矩矩，有条有理。虽然我对她们摆的书阵还有待于熟悉；可是，现在一走进书房，窗明几净，豁然开朗。我顾而乐之，怡然自得，不复再有“轻生”之念。我原来想：就让它乱几年吧，等到我的生命画句号的时候，自然就一了百了了，哪里会想到今天这个样子！此外，在我这种孤苦伶仃、举目无亲的生活环境中，向我伸出友谊之手的人还有很多很多。我的学生忠新夫妇、保胜、邦维夫妇，我的助手李铮夫妇，等等，等等。我心头常常涌出一句诗：“此时无亲胜有亲”，可见我心情之一斑。现在虽然相距数千里，可他们的声音笑貌，宛在身边眼前。我现在真是深深怀念这一些可敬可爱的朋友们。当然我也怀念我眼前仅有的不在一起住的亲属颐华和孝廉。

我上面写了那么多怀念，但是，怀念还没有完。有一晚，我在汉城希尔顿饭店一间豪华的客厅里参加晚宴。对面大镜子里忽然有一团白光一闪。我猛一吃惊：难道我的小猫咪跟我来了吗？定一定神，才知道这是桌子上白色餐巾的影子。我的心迷离恍惚，一下子飞回了燕园。我现在家里有两只小猫，都是洁白如雪的波斯猫。小的一只，我颁赐嘉名曰“毛毛四世”，因为在它之前我已经丢了三只眼睛一黄一绿的波斯猫，它排行第四，故有“四世”之名。几世几世是秦始皇发明的。我以之为猫命名，似有亵渎之意，实则我是诚恳的，不过聊以逗乐子而已。祝愿始皇在天之灵原谅这个！这位四世降生才不过一百天，来自我的家乡。小小年纪，却极端调皮，简直是“无恶不作”，什么地方、什么时候不需要它，它就偏在那地方、那时候蹿出，搅得人心神不安，它自己却怡然自得。这且不去谈它。咪咪二世是老猫了，它陪伴我已经六七年了。它每天夜出昼归。我一般都是早晨四点起床，无间寒暑。咪咪脑袋里似乎有一个表，早晨四点前后，只要我屋子里的灯一亮，它就在窗外窗台上用前爪抓我的纱窗，窸窣作响，好像要告诉我：“你该起床了！应该放我进去进早餐了！”我悚然而兴，飞快下床，开门一跺脚，声控的电灯一亮，只见一缕白烟从门外的黑暗中飞了进来，是咪咪二世，它先踩我的脚，蹭我的腿，好像对我道声“早安”，然后飞身入室，等我给它安排早餐。六七年来，特别是最近一两年来，几乎天天如此。我对它情有独钟，它对我一往情深。在我精神最苦恼的时候，它给了我极大的安慰。“其中有真意”，不足为外人道也。我曾写过几句俚辞：“夜阑人静，虚室凄清。万籁俱寂，独对孤灯。往事如潮，汹涌绕缭。伴我寥寥，唯有一猫。”可见我的心情之一斑。现在，我忽然离开了家。但是，我相信，咪咪仍然会每天凌晨卧在我窗外的窗台上，静静地等候室内的灯光。可是灯光却再也不亮。杜甫诗：“遥怜小儿女，未解忆长安。”我现在改为：“可怜小猫咪，不解忆汉城。”我想，它必然是非常纳闷，非常寂寞，非常失望的。它必然会觉得人世间非常奇怪：“我的主人怎么忽然不见了？”

我现在真是怀念我的咪咪二世。

临别的前夕，我的老学生（现任驻韩国大使的张庭延）和夫人谭静（也是我的老学生），在富丽堂皇的大使馆中，设宴招待教委和北大领导，以及我这位老师。不言自明，这是我到韩国以后最美最合口味的一顿饭。庭延拿出了茅台招待我们，并且强调说，这是绝对可靠的真正的茅台，是外交部派专人到贵州茅台酒厂去购买和护送回京的。这当然更大大地增加了我们的兴致。不知道怎样一来，话头一转就转到了花生米上。庭延说：他常常以花生米佐茅台。他还说：花生米以农贸市场老农炒的五香花生米为最佳。什么美国瓶装脱皮的花生米，绝不能与之相比，两者简直天渊之别。我初听时，大吃一惊，继之则以我心有戚戚焉。我自认是一个上不得台盘的人。虽留欧十年有余，足迹遍世界上三十几个国家，虽洋气日增，而土气未减。在德国二战时的饥饿地狱中，饱受磨难。夜间做梦，常常梦见祖国的食品。但我梦见的却都并不是什么燕窝、鱼翅、海参、鲍鱼等山珍海味，而是——花生米，正是庭延所说的那种最平常、最一般的炒五香花生米。我回国以后，五十年来，每天的早餐就是烤馒头片就炒花生米，佐以一杯浓茶，天天如此，从无单调厌恶之感，而且味感还越来越好。我窃以为这是我个人的怪癖。不意今天竟在汉城找到了从未遇到的花生米知己，我漫卷衣袖喜欲狂，于是我们大侃花生米哲学。庭延和谭静拿出了从祖国带来的炒花生米，仅余小小一塑料袋。我们万般珍惜，只肯一粒一粒的慢慢地吃。此时连绝对真正的茅台都更增添了香味，简直可比王母娘娘的蟠桃、镇元仙人的人参果。我们大家食而乐之，侃兴倍增。这成为我毕生难忘的一夜。

我现在是在飞机上，正飞向北京。过不了多久，我就能再看到我那可爱的祖国，我那可爱的北京，我那可爱的燕园，我那些可爱的燕园中的山水草木，我那些可爱的书籍和手稿，我那些可爱的友人，最后还有我那可爱的两只波斯猫。汉城离开我越来越远，而我在汉城时怀念的上面说的这些东西和人，却越来越近了。我的心绪不知怎样一来陡然一转，我的怀念一下子转回到了汉城上，转回到在韩国的那些朋友身上，特别转回到了庭延和谭静身上。我的心仿佛已经留于汉城。“何当共剪西窗烛，却话汉城夜宴时”，这是我走下飞机时心里涌出来的胡编剽窃的两句诗。

1995 年 10 月 10 日草于飞机上

同月 24 日改毕于燕园

深圳掠影

对我来说，深圳并不陌生。我在过去三年内，出国去来经过这里至少已有五六次之多了。1951 年秋天第一次经过这里，只觉得这是一个破烂简陋的小车站。让我忆念难忘的只有一个罗湖桥。因为从国外归来，过了罗湖桥，就算是走进了祖国的怀抱。我曾几次在这里激动得流下眼泪，恨不能跪在地上吻一下祖国的土地。以后几次经过这里，每次都有一点变化。1978 年最后一次走过，只觉得车站贵宾室相当富丽堂皇。至于镇内，则所见不多了，不敢臆猜。总之，深圳并没有给我留下深刻的印象。

两个星期前，我因为开一个会，又来到深圳。这是唯一的一次不是因出国而到这里来的。我们从广州乘汽车来到这里，本来是想到蛇口附近的深圳大学去的，可是因为迷了路，车子一直开进了市内。只见到处高楼林立，凌云摩天，而正在建筑的高楼则更是比比皆是。柏油马路，四通八达。行人摩肩接踵，熙熙攘攘。这是我所久已熟识的深圳吗？我有点怀疑起来。但是明确的事实是，这就是深圳。我熟悉的深圳已经大大地变样。

仅就我们借住的深圳大学来说，新鲜事物就说也说不尽的。在这个学校里，流行全国的根深蒂固的铁饭碗已经被打个粉碎。系、处领导跟校长签合同，为期两年，到期视工作成绩，合则续聘，不合则炒鱿鱼（卷铺盖也）；教职员跟系、处领导签合同，为期也是两年，到期照上述规定办理。被炒了鱿鱼的另外自谋出路。没有什么客气，没有什么面子。铁饭碗一打破，则人人精神抖擞，不敢懈怠。至于工人，则全校几乎完全没有，所有的服务工作，食堂服务、打扫卫生、会场和教室清扫管理，无一不是用勤工俭学的办法，由学生来承担，学校根据情况，付与报酬。学生还自办书店、自卖部，甚至自办银行，自任经理。内地大学一些独生子女的娇气，在这里一扫而光。连骄气也无立锥之地了。这不但提高了工作效率，还教育了青年学生。那种不爱护公物，随便乱丢脏东西，不知稼穑之艰难，张口吃饭、伸手穿衣的公子小姐根本绝迹。这要比空口进行政治伦理教育，效果要好得多。提高效率，教育青年，真可谓一举两得。

我也曾到著名的沙头角去参观过一次。汽车从深圳开出。现在时令在北方虽然已是在严冬，但是在这里却沿途树木蓊郁，繁花似锦，使我们这些从冰天雪地的北国来的人大为诧异。快到目的地的时候，青山连绵。马路的右边沿着山麓架了长城似的铁丝网。网的那面就是香港。汽车在山路上弯曲盘旋而下。下到海边的时候，就到了沙头角。这是个极小的镇子。只有一条街，叫作中英街。从里面走出去，街的右边属于香港，左边属于深圳，虽然都是中国领土，但是在英国占领下，街中心实际成了国界。街宽不过几米，长不到百米，谁也不知道这一条国界究竟是在什么地方。两边全是商店，鳞次栉比，一个紧挨着一个，货物塞得满满的，抬头一看，只见到处都是货物，汇成了一个货物的海洋。街上的人也挤得满满的，几乎都是来买东西的。拥拥挤挤，吵吵嚷嚷，一派繁荣兴盛的气象。我感兴趣的不是五光十色、令人眼花缭乱的商品，而是这一个十分奇怪、十分有趣的地方。街中间在中国内地一面长着一棵老树，看样子年岁可能已有几百年了，它歪着身子，头顶歪到香港一面去，国境线大概就在它身上穿过。它大概亲自经历英国殖民主义者霸占香港那样艰苦的岁月，它也将会经历香港回归祖国那样普天同庆的日子。树而有知，不知做何感想？到了那时，整个身子都能处在中国领土之内，它大概也会由衷地感到高兴吧！

此外，我还参观了蛇口特区、西丽湖度假村、银湖度假村、深圳游乐园、香密湖度假村，以及全国最高建筑五十三层的国商厦，印象虽然扑朔迷离，但是用一个“新”字可以概括。

我每天晚上打开窗子，面对着在黑暗弥漫下的茫茫的大海，看到远处一串珍球似的灯光——这是中国内地同香港的边界，心潮起伏，思绪万端。我想得最多的是人们的思想必须赶上形势的发展。人的思想最容易保守。许多千百年来遗留下来的观念、想法，往往被认为是真理准绳、正确无误，甚至神圣不可侵犯，用不着改变，也改变不了。然而我们伟大祖国和世界的情况却是日新月异。大家都承认，现在是“知识爆炸”的时代，知识更新的周期越来越短，每隔几年，知识就必须更新，否则就会落后。现在新生事物层出不穷。被英国统治了多年的香港经过中英两国长期谈判，确定了归还日期，英国的首相不远万里亲自来到北京签字，这难道不是新鲜事物中最新鲜的事物吗？就拿眼前的珍珠串似的灯光来说，1997 年以后，它还能像现在这样闪闪发光吗？一个很简单明了的道理摆在我们眼前：我们必须改变旧观念、旧想法，接受新概念、新想法。深圳掠影给我的教训也就这一点，而我认为，这是最重要的、最有意义的一点。

1984 年 12 月 23 日

星光的海洋

星光，星光，星光……

到处都是星光。

是星光的瀚海，是星光的大洋；是星光的密林，是星光的丛莽。有红，有绿；有白，有黄；有大，有小；有弱，有强；有明，有暗；有高，有低；有远，有近；有疏，有密。有的成堆，有的成行；有的排成一线，有的组成一方；瞻之在前，忽焉在后；光辉灿烂，绵延数十里；汪洋浩瀚，好像充塞了天地。有时候，这星光的海洋似乎已经达到了黑暗的边缘；我原以为，在此之外，已是无边无际的大黑暗了。然而，只要一转瞬，再往上一看，依然是一片星光。

星光，星光，星光……

到处都是星光。

是夏夜的星子落到地面上来了吗？是哪一个神话世界里的神灯从虚无缥缈的高天上飘到人间来了吗？我有点迷惑，有点恍惚，有点好奇，有点糊涂。我注意探讨，仔细研究，猛然发现，这些都不是，都不是。这根本不是星光，而是绵延不断的灯光。

我抬头向上看，在这一片我原来误以为是星光的灯光上面，亮晶晶的一大片，大大小小的一群在那里眨着眼睛，那才是真正的星光。我低头向下看，看到星光和灯光在水面上的倒影，金光闪闪，像一条条的金蛇。原来就在我脚下，在我伫立的一个小小的山头的下面几十米深的黑暗处，从左边流来了嘉陵江，从右边流来了不尽长江滚滚来的长江。江声低咽，金波摇影。我现在不是在天上而是在人间；不是在人间别的地方，而是在嘉陵江和长江汇流处的重庆。嘉陵江上通四川辽阔的地区，长江下达更辽阔的地区，一直通到大海。我正站在祖国的大地上，我眼前是重庆，是重庆的夜晚。眼前的一片星光是这座山城高高低低山坡上的群灯。

在白天，我曾在这一座山城里蜂房般的鳞次栉比的房屋的迷宫中漫游。我曾出出进进于大小商店中，看点什么，买点什么。我也曾在大街上滚滚的人流中漫步，没有什么固定的目的，只是作为一个外地人，一个旁观者看看而已。我看玻璃窗里陈列的五光十色的商品；我看街旁菜摊上摆的有一些我叫不出名的蔬菜。我间或也能看到一些少数民族的妇女穿着花团锦簇、颜色鲜艳的服装，头上和手上戴着的首饰闪闪发出银白色的光芒。我顾而乐之，忘记了时间的流逝。

最使我难忘的是我瞻仰的一些革命圣地，比如红岩、曾家岩、周公馆、桂园，等等。特别是红岩，更给我留下了永不磨灭的印象。我怀着十分虔敬的心情在这个革命圣地里走上走下，在那些大大小小的房间里瞻望。我的步履很轻很轻，我几乎屏止住了呼吸。我一向景仰的那一些革命前辈仿佛还住在这里。我不敢放肆，我怕打扰了他们的精神。在院子里，虽然现在时令已是冬天，但是那些五颜六色的菊花却傲然凌霜怒放，显示出与众不同的骨气。最引起我注意的是一丛开着红色花朵的我不知道名字的蔓藤，红得像火焰，像朝霞，耀眼惊心。就在这红色花朵的旁边矗立着一棵高大的黄桷树。在那黑云压城特务横行的日子里，在这棵大树的向外面的一侧是阴间。过了这棵树是红岩的主楼，就是阳间。因此，人民群众把这棵大树称作阴阳树。今天我来到了这棵树下，它枝干突兀腾跃，矫健挺拔，尖顶直刺灰蒙蒙的天空，好像把我的心情也带向了高处。站在树下，我久久不想离去。今天我们全国人民都住在阳间，阴间已经消失得无影无踪了。我心头之兴奋可以想见了。也许是由于兴奋过度，我没有注意树上是否有灯。即使有的话，我也绝不会把灯光误认为星光。

眼前白天已经转入暗夜，我登上了长江和嘉陵江汇流处的三角洲头。白天看到的那一些密密麻麻的大街、小巷、高楼、低舍，我都看不到了，都没入了一片迷茫的黑暗中。我眼前看到的只有万家灯火，高高低低，前后左右，汇成了一片星光的海洋。

我当然不知道红岩、曾家岩、周公馆、桂园等等都在什么地方。我更不知道，那里现在是否亮起了红灯。但是，我确信，在这一片灯光的海洋中，有几盏灯就是挂在那里的。红岩、曾家岩、周公馆、桂园，每一个窗口都会有闪亮的红灯让灯光流出，汇入这浩渺的灯光的海洋里。其中那最明亮、最高大的一盏一定是挂在阴阳树上。在它辉耀的光线的照耀下，我仿佛看到了大树下那些傲霜怒放的菊花，小红灯笼似的累累垂垂的花朵，衬托着碧绿的叶子，散发出无穷的活力。当年在这一座黑暗弥天的山城里，那些向往光明的人们，特别是青年们，一定是望眼欲穿地望着阴阳树上的这一盏明灯而欢欣鼓舞。这明灯给他们以信心，给他们以勇气，给他们以方向，给他们以安身立命之地。他们终于在灯光的照耀下，慢慢地冲出黑暗，奔向光明。我那时虽然不在重庆，但是，我确信，一定是有这样一盏灯的，而这灯又必然是异常明亮，异常光辉灿烂的。

今天，弥天的黑暗已经永远地消失了，光明降临到大地上。我来到了重庆，缅怀往事，心潮腾涌。我很后悔，为什么当年竟没能够来到这里，看一看红岩、曾家岩、周公馆和桂园等地，献上我的一瓣心香？现在，我站在两江汇流处的三角洲山头上，面对山城的万家灯火，五十年的往事一下子涌上心头。回首前尘，唯余感慨；瞻望未来，意气风发。我完完全全沉浸在幻想之中。转瞬间，眼前的万家灯火又突然变成了星光。这星光把我带到天上去，带到那片能抒发畅想曲的碧落中去。

星光，星光，星光……

到处都是星光。

1981 年草稿

1984 年 12 月 13 日修改于深圳

1985 年 1 月 15 日抄于燕园

延吉风情

延吉是一个好地方，好到难以想象；但又是一个怪地方，怪到不易理解。

天好，地好，人好，一切都好，难道还不是一个好地方吗？这个一说，大家就懂。

但是为什么又怪呢？这必须多啰唆几句，否则别人会觉得，不是地方怪，而是我这人有点怪了。

延吉是一个非常小的城市，人口只有三十万，远远赶不上我所住的北京的海淀区。但是这里的出租汽车却有一千二百辆，在所有的马路上，风驰电掣，一辆接一辆，多似过江之鲫，人均占有量全国第一。这难道还不算怪吗？但是怪劲还没有完。你站在马路旁一秒钟，最多一分钟，不用思索，随意一招手，必然会有一辆出租车停在你眼前。二话甭说，开门上车，不管路远路近，只要不出市区，一律五元。路近，司机（其中有不少是妙龄女郎）当然不会厌烦；路远，司机也处之泰然，不说半句怨言，连眼都不会眨一眨。司机从来不问是到什么地方去。一上车，座客指挥，司机遵命，一言不发。一下车，五元钞票一递，各走各的路，仍然是一言不发，皆大欢喜，天下太平。

说到乘出租汽车，我也可以说是一个老行家了。在许多城市，我都乘坐过出租车。香港是规规矩矩的，无可指摘。在深圳，在广州，在北京，你有急事，站在马路旁边，“望尽千车皆不是，市声喧腾单车流”。偶尔有空车驶过，如果司机先生想回家吃饭，或者别的公干，或者兴致不高，你再拼命招手，他仍置若罔见，掉首不顾，一溜烟驶了过去。忽然有车停下，你正心花怒放，在深圳和广州，有的司机可能问你是付人民币还是付港币。如果是前者，他仍然是一溜烟驶走。有的司机先问到哪里去，太近不行，太远也不行。不远不近，得乎中庸，勉强成交，心中狂喜。如果你真有急事，急得像热锅上的蚂蚁，又适逢非中庸之道，或者时间不合适，则你无论怎样向司机恳求，也是无济于事，“禅心已作沾泥絮，不逐车风历乱飞”，司机都成了参禅的大师。勉强上了车，有计程器，偏又不用，到了目的地，狠狠地敲你一下竹杠。老百姓的口头语说：“听诊器，方向盘，人事干部，售货员”，都是惹不起的人物，难道其中就没有一点道理吗？

反观延吉的出租汽车，你能说他们的道德水平不高吗？可是，在“滔滔者天下皆是也”的氛围中，你能说他们不“怪”吗?

但是，我凭空替他们担起心来。人口这样少，而汽车又这样多，他们会不会赔钱呢?我怀着疑虑的心情，悄悄地问过一个出租汽车司机，每个月能挣多少钱。他回答说:“三四千元。”我相信他说的是真话，说不定还打了点埋伏。

接着又来了问题:一千二百个出租汽车司机，每人每月挣三四千元，加起来是一个相当庞大的数目。延吉人能出得起这么多钱吗?延吉朋友告诉我，这里工业并不发达，农业也非上乘，按理说延吉人不应该太富。可是，你别慌，这个朋友一转口又告诉我，延吉人几乎口袋里都有钞票。这就够了。若问此钱何处来?据说都是正当途径。详情就用不着我们多管了。反正延吉人口袋里有钱，这是事实。

他们有钱，还表现在另一个方面。三十万人口的一个小城，竟有卡拉OK一百二十家，还有二十家在筹建中。另有人告诉我，城中类似卡拉OK的茶馆、咖啡馆之类，有四百家。不管怎么说，延吉在这方面又占全国第一了。朝鲜族十分重视文化教育，文化水平可能列全国榜首。他们能歌善舞，名闻华夏神州。他们据说又善于花钱。不是有人提倡过能挣会花吗?我认为，延吉人算是做到了。由于以上种种原因，延吉卡拉OK人均数在全国拿了金牌，不是很自然的吗?

与上面说到的两件事有联系的，延吉人还有一个全国第一，这就是喝啤酒。喝啤酒原是欧风东渐的结果。啤酒这玩意儿大概真是有不可思议的魔力。一传到中国——世界其他地方也一样——立即以排山倒海之势独占酒类鳌头，人们饮之如琼浆玉液。全国皆然，非独延吉。然而别的地方喝，论杯，论“扎”，至多论瓶。在这里则是非杯，非“扎”，非瓶，而是论箱，每箱二十四瓶。看了这情况，即使是酒鬼的外乡人，也必然退避三舍，甘拜下风，而非酒鬼如我者竟至舌翘不下，眼睁不闭，吓得魂儿快要出窍了。我在世界啤酒之乡德国待过十年。那里的啤酒不比水贵多少，人们喝起来皆比喝水多得多。我自以为天下之最盖在此矣。这次到了延吉，才知道自己竟是一只井蛙。

我们在天山宾馆吃晚饭时，邻近有一桌客人，男的六七个，女的三四个，说中国话，并非老外。我们进去的时候，他们已吃喝起来。我们吃完走时，他们还在吃喝。喝啤酒时真是“饮如长鲸吸百川”，气势磅礴。桌上酒瓶林立，桌旁空箱两只。喝到什么时候，地上空箱摞起多高，只有天知道了。我做了一夜啤酒梦。

我在上面讲了延吉的三个全国第一。你能说这不怪吗？

但是，“怪”字是一个中性词，绝不等于“坏”字。在延吉，我毋宁说，这里怪得可爱，怪得可钦可敬。有的地方怪得简直像是小说中的君子国。我觉得，这三怪的背后隐藏着一种非常深刻的意义，它们是与我开头说的“好”字紧密相联的。这里的人热情豪爽，肝胆相照。我走过全国不少的少数民族地区。在那里，汉族成了少数民族。尽管一般说起来，汉族同当地人相处得还不错，有的好一点，有的差一点，可是达到水乳交融水平的，毕竟极为稀见。一到延边，我就向几个朝族朋友问起这个问题，他们说毫无问题，汉朝两族毫无芥蒂。我又向几个汉族朋友问起这个问题，他们也说毫无问题，朝汉两族亲如兄弟。尽管语言不同，绝大多数的人都使用两种语言。彼此共事，民族界限早已泯灭，他们只感到同是中华民族，而不感到是朝族或汉族。

我们此行虽然短促，但确实交了许多朋友。在我的潜意识里，只有朋友，而没有什么汉族朋友、什么朝族朋友之分。延吉这个地方，我永远不会忘记。延吉的朋友们，我永远不会忘记。我遥望东天，为他们虔诚祝福！

我开头说，延吉是个好地方。谁还会怀疑我这句话的真实性呢？

1992年8月5日

春满燕园

燕园花事渐衰。桃花、杏花早已开谢。一度繁花满枝的榆叶梅现在已经长出了绿油油的叶子。连几天前还开得像一团锦绣一样的西府海棠，也已落英缤纷、残红满地了。丁香虽然还在盛开，灿烂满园，香飘十里；但已显出疲惫的样子。北京的春天本来就是短的，“雨横风狂三月暮，门掩黄昏，无计留春住”。看来春天就要归去了。

但是人们心头的春天却方在繁荣滋长。这个春天，同在大自然里的春天一样，也是万紫千红、风光旖旎的。但它却比大自然里的春天更美、更可爱、更真实、更持久。郑板桥有两句诗：“闭门只是栽兰竹，留得春光过四时。”我们不栽兰，不种竹；我们就把春天栽种在心中，它不但能过今年的四时，而且能过明年、后年、不知道多少年的四时，它要常驻在我们心中，成为永恒的春天了。

昨天晚上，我走过校园，四周一片寂静，只有远处的蛙鸣划破深夜的沉寂。黑暗仿佛凝结了起来，能摸得着，捉得住。我走着走着，蓦地看到远处有了灯光，是从一些宿舍的窗子里流出来的。我心里一愣，我的眼睛仿佛有了佛经上叫作天眼通的那种神力，透过墙壁，就看了进去。我看到一位年老的教师在那里伏案苦读。他仿佛正在写文章，想把几十年的研究心得写下来，丰富我们文化知识的宝库。他又仿佛是在备课，想把第二天要讲的东西整理得更深刻、更生动，让青年学生获得更多的滋养。他也可能是在看青年教师的论文，想给他们提些意见，共同切磋琢磨。他时而低头沉思，时而抬头微笑。对他说来，这时候，除了他自己和眼前的工作以外，宇宙万物都似乎不存在。他完完全全陶醉于自己的工作中了。

今天早晨，我又走过校园。这时候，晨光初露，晓风未起。浓绿的松柏，淡绿的杨柳，大叶的杨树，小叶的槐树，成行并列，相映成趣。未名湖绿水满盈，不见一条皱纹，宛如一面明镜。还看不到多少人走路，但从绿草湖畔，丁香丛中，杨柳树下，土山高头却传来一阵阵朗诵外语的声音。倾耳细听，俄语、英语、梵语、阿拉伯语，等等，依稀可辨。在很多地方，我只是闻声而不见人。但是仅仅从声音里也可以听出那种如饥似渴地吸收知识、学习技巧的炽热心情。这一群男女大孩子仿佛想把知识像清晨的空气和芬芳的花香那样一口气吸了下去。我走进大图书馆，又看到一群男女青年挤坐在里面，低头做数学或物理、化学的习题，也都是全神贯注，鸦雀无声。

我很自然地把昨天夜里的情景同眼前的情景联系了起来。年老的一代是那样，年轻的一代又是这样。还能有比这更动人的情景吗？我心里陡然充满了说不出的喜悦。我仿佛看到春天又回到园中：繁花满枝，一片锦绣。不但已经开过花的桃树和杏树又开出了粉红色的花朵，连根本不开花的榆树和杨柳也是满树红花。未名湖中长出了车轮般的莲花。正在开花的藤萝颜色显得格外鲜艳。丁香也是精神抖擞，一点也不显得疲惫。总之是万紫千红，春色满园。

这难道仅仅是我一个人的幻象吗？不是的。这是我心中那个春天的反映。我相信，住在这个园子里的绝大多数的教师和同学心中都有这样一个春天，眼前也都看到这样一个春天。这个春天是不怕时间的。即使到了金风送爽、霜林染醉的时候，到了大雪漫天、一片琼瑶的时候，它也会永留心中，永留园内，它是一个永恒的春天。

1962 年 5 月 11 日

台北街头小景

街头小景，多么美妙动人的标题！

人们大概认为，我一到台北，立即迫不及待地走上街头，在车水马龙中，市声喧阗里，伫立街旁，凝神潜虑，静观眼前的花花世界，难得的印象，从眼中流入心中，形成妙文，既以悦己，兼以悦人。

实际情况却正好相反。

我在台北十天，除了卧病的那两天外，天天是从富都大饭店上车，或到会场下车，或到法鼓山下车，或到“中央研究院”下车，或到台湾大学下车，或到故宫博物院下车，或到圆山大酒店下车，根本没有逛过街，连晚上九时以后据说可以与日本东京银座媲美的街头夜景，我也没有动过心。台北的街头小景，完全是我透过汽车的玻璃用眼睛看到的，并没有什么真实的感受。

我原来觉得，台北离我远得很，像“三山半落青天外”那样不知多么远。我也从来没有敢希望亲临其境。然而，我今天确确实实是来到了台北。脚一踏上台北的土地，就使我大吃一惊，吃惊的不是像爱丽丝漫游奇境那样，而是像回到了五十年前的老家那样。街上来来往往，衣服穿着，跟大陆上一模一样。街道的建构，有一些地段同香港一样，人行道上有阁楼，下雨也不会挨淋。说的话很接近普通话，不像广州、香港那样的南蛮鴃舌之音。特别引人注目的是，满街的匾额都是繁体字。不见自行车，没有交通警，车辆行人都服从红绿灯的指挥。堵车时，让我立刻就想到泰国曼谷。长时间的堵车，前进不得，后退不行。此时只有摩托车像大海中的游鱼，从汽车行列的空隙中，蜿蜒前进，转瞬就能走出去很远，令车中焦急的人羡煞。摩托车后座上时有靓女，头戴钢盔，秀发在风中飘扬，是一道很美很美的风景线。我细察街旁的商店，槟榔店特多，这大概与当地的气候有关。我也乘坐过出租车，车前座位旁没有防劫车玻璃板。其中消息，颇耐人寻味。

我不知道，台湾算不算是亚热带，反正天气温暖，常年不结冰，湿度很大。这些都大大有利于花草树木的生长。出台北以后，山清水秀，绿色成为主要色调。有些楼房前有小花园，栽种松柏等常绿树木，仿佛到了日本。在我的印象中，街头有不少开花的树。虽然不是由于“看花苦为译秦名”，同是中国领土，用不着“译秦名”，但是，我确实是不知道花的名称，心头也曾漾起一丝烦恼。

街头小景，光怪陆离，变幻多端。我被禁锢在汽车小天地中，透过车窗，只能看到这一些，这当然是很不够的。但是限于时间，我也只能看到这个程度了。我现在只希望，将来能够有时机和好运，再来台北一次。到那时候，我一定脱开一切羁绊，从容漫步街头，把一切都看得更真，更实，更细致，更完整。

重过仰光

从飞机的小窗子里看下去，地面上闪出一团金光，高高地突出在一片浓绿之上，我心里想：仰光到了。

是的，仰光到了。几分钟以后，我们就下了飞机，踏上了这一个美丽的城市的土地。

踏上这里的土地，我心里是温暖的。

又怎么能不温暖呢？我真仿佛同这一个美丽的城市结了缘，在短短十年之内，我这是第六次来到这里了。

第一次是坐船来的。船一转进伊洛瓦底江，就看到远处在云霭缥缈中，有一个高塔耸入蔚蓝的晴空，闪着耀眼的金光。有人告诉我，这就是有名的大金塔，是仰光的象征。

从此，这一座仿佛只能在神话里才能看到的大金塔和这一个可爱的城市就在我心里生了根。

第一次，我在这里住的时间比较长，几乎有三个星期。我走遍了所有的主要街道。我既爱挂满了中国字招牌的华侨聚居的广东大街，它让我想到我们的祖国，说实话，这里的中国味真像国内一样浓烈；我也爱两边长满了绿树的郊区的街道。在这里常常会碰到几头神牛，慢悠悠地在绿树丛中转来转去。我十分欣赏它们那种高视阔步睥睨一切、仿佛是天上天下唯我独尊的神气。

我参观了所有的应该参观的地方，其中当然包括大金塔。第一次参观这座佛塔的印象是永生难忘的。我赤着脚走过长长的两旁摆满了花摊的走廊，一步步高上去，终于走到大塔跟前。脚踏在大理石铺的地上，透心的凉。这的确是一个很奇妙的地方。不知道有多少大大小小的殿堂，里面坐满各种各样的佛像。许多善男信女就长跪在这些神像面前，闭目合掌，虔心祷祝。有的烧香，有的泼水，有的供鲜花，有的点蜡烛，有的口中念念有词，大概是对佛爷说话吧。对我来说，这些都是十分新鲜有趣的。至于大金塔本身，那真不愧是一个黄色的奇迹。那么大一座东西，身上竟都糊满了金纸，看上去就像是黄金铸成。整个塔闪着耀眼的金光，比从船上看显得强烈多了。这金光仿佛把周围的一切楼阁殿堂、一切人物树木都化成了黄金色，这金光仿佛弥漫了宇宙。

从那以后，我的一切活动仿佛都离不开这一个黄色的奇迹；因为，在全城任何地方，只要抬头，总可以看到它，金光闪闪，高高地突出在一片浓绿之上。

我的活动是多方面的。我曾访问过仰光大学，同教授们会了面，看了学生的宿舍。我曾看过缅甸艺术家的画廊，欣赏那些五光十色的杰作。我曾拜访过作家和电影演员，他们拿出自己精心编演的影片，给我们美的享受。

这一切都是使人难忘的。但是最令人难忘的还是这里的华侨。他们有的在这里已经住了几代，有的住了几十年，他们一方面同本地人和睦相处，遵守本地的法令，对于这个国家的建设工作也贡献了一些力量；另一方面，他们又热爱自己的祖国，用最大的毅力来保留祖国的风俗习惯。只要祖国有人来，他们就热情招待。我每次同他们接触，都觉得从他们身上学习了一些东西。

此外，还有一个使我永远不能忘怀的人。他是一个十几岁的缅甸孩子。他在一所豪华富丽的旅馆里当服务员。我曾在这里住过一些时候，出出进进，总看到这个男孩子站在大门内的服务台旁边，瞪着一双又圆又大的眼睛，露着一嘴白牙，脸上满是笑容。我很喜欢他，他似乎对我也有一些好感，不久我们就成了朋友。每次我从外面回来，他总跑着迎上去，抢走我手里拿着的东西，飞跑上楼，送到我的房间里。我每次出门，他总跑出去，招呼车辆。我离开这个旅馆的时候，他流露出十分强烈的惜别的情绪，握住我的手，再三说要到北京来看我。

这一切都是过去的事情了。但是，它却并没有因为过去而被遗忘，而是正相反：我每次走过仰光，总不由自主地要温习一遍，时间越久，印象越深刻，历历如绘，栩栩如生，仿佛是昨天才发生的事情。

现在我又来到仰光了。一走下飞机，我就下定决心，要把我回忆中的那些人物和地方都再去看上一看，重新温理旧梦。

当天下午，我就到华侨中学去看中国国家男子篮球队同这个中学的校队比赛篮球。在球场上，我遇到了许多华侨界的老朋友，我们握手话旧，喜上眉梢。那些华侨学生，一个个精力充沛，生龙活虎一般，看了不由地从心里喜爱。他们为欢迎国家篮球队挂了一幅大标语，上面写着："欢迎祖国来的亲人。"我觉得其中也有我一份，让我一出国就感到无限温暖。

今天早晨，在半睡半醒中，听到楼外面呀呀乱叫，闹嚷嚷吵成一团。我从窗子里看出去：成群的乌鸦飞舞在叶子像翡翠似的大树的周围。它们大声呼喊，震耳欲聋，仿佛不知道世界上还有别的动物，想把世界独占。应该说，我是并不怎么欣赏这种鸟的。但是，在仰光看到这一些浑身黑得像炭精一样的鸟，听到它们哑哑的叫声，我却并不感到多大厌恶。因为它们让我清清楚楚地感觉到，我现在不是在世界上任何城市，而是在缅甸的仰光。这种感觉对我来说是十分珍贵的。我愿意常常保持这种感觉。

大金塔，我当然还是要去拜访一次的。几年没见，我这老朋友似乎越来越年轻了。塔本身大概又重新贴了金，那些小塔也好像是都洗过澡，换上了新衣服，一个个金光闪闪，让人不敢逼视。因为是在早晨，拜佛的人不多，但是也有一些人跪在佛像前，合掌顶礼，焚烧香烛，嘴里祷祝着什么。还有人带着大米来喂鸟，把米一把把地撒在大理石铺的地上。珍珠似的米粒在地上跳动，宛如深蓝色的水面上激起的雪似的浪花。一群鸽子和乌鸦拥挤着，抢着来啄食米粒，吃完再飞上金塔。远远望去，好像是大块黄金上镶嵌了无数的黑宝石。

因为这一次在这里只能停留几天，我们的活动不多。但是我已经很满意了。我怀念的那一些人和那一些地方，我几乎都看到了。我将怀着一颗温暖的心，离开这个美丽的城市，走向离开祖国更远的地方去。如果说还感觉到什么美中不足的话，那就是，我没有能够看到那一个在旅馆里工作的小男孩。我在深切地怀念着他。他什么时候才能到北京来看我呢?

1962年11月25日于仰光

别稻香楼——怀念小泓

我从来没有认为自己是一个多愁善感的人，何况现在已年逾古稀，悲欢离合的经历已经多到让人负担不起来的程度，小小的别离又怎能引起心潮腾涌呢？

然而事实却不是这个样子。

九天以前，当我初来稻香楼的时候，我是归心似箭，恨不能日子立刻就飞逝过去，好早早地离开这里。我绝没有想到，仅仅九天之后，我的感情竟来了一个“根本对立”，我对于这个地方产生了留恋之情，在临别前夕，竟有点难舍难分了。

稻香楼毕竟是非常迷人的地方。在一个四面环湖的小岛上，林木葱茏，翠竹参天，繁花似锦，香气氤氲。最令人心醉的是各种小鸟的鸣声。现在在北京，连从前招人厌恶的麻雀的叫声都不容易听到了。在合肥，在稻香楼，天将破晓时，却能够听到多种鸟的鸣声。我听到一种像画眉的叫声，最初却不敢相信，它真是画眉。因为在北方，画眉算是一种非常珍贵的鸟，养在非常考究的笼子里，主人要天天早晨手托鸟笼，出来遛鸟，眉宇间往往流露出似喜悦又似骄矜的神气。在稻香楼的野林中如何能听到画眉的叫声呢？可是事实终归是事实。我每天早晨出来在林中湖畔散步的时候，亲眼看到成群的画眉在竹木深处飞翔，或在草丛里觅食，或在枝头引吭高歌，让我这个北方人眼为之明，心为之跳，大有耳目一新之感了。

说到散步，我在北京是不干这玩意儿的。来到稻香楼，美丽的自然景色挑逗着我的心灵，我在屋里待不住了。我在开会之余，仍然看书；在看书之余，我就散步。在散步之余，许多联想，许多回忆，就无端被勾起来了。

那边长的不是紫竹吗？我第一次看到紫竹，也是在安徽，但不是在合肥，而是在芜湖的铁山宾馆里。当时小泓还在我身边。第二次看到紫竹，是在西安丈八沟，当时是我一个人，我也曾想到小泓。现在是第三次看到紫竹了，小泓已远在万里之外，一股浓烈的怀念之情蓦地涌上我的心头，我的心也飞到万里之外去了。我万万没有想到，小小的几竿紫竹竟无端勾引起我的思绪波动。

几年前我游黄山时，正当盛夏，久旱无雨。黄山那一些著名的瀑布都干涸了。著名的云海也基本上没有看到。只在北海看到了一点类似云海的白云，聊胜于无，差足自慰而已。有名的杜鹃花，因为时令不对，只看到一片片绿油油的叶子，花是一朵也没有看着。而现在呢，正是阳春五月，杜鹃花开满了黄山，开成了一片花海。据说，今年雨水充沛，所有的黄山瀑布都奔腾澎湃，“飞流直下三千尺”，“一条界破青山色”。有了雨，云海当然就不在话下。你试想一想：这样的瀑布，这样的云海，再衬托上满山遍野火焰似的杜鹃花，这是多么奇丽的景色啊！它对我会有多么大的吸引力啊！

然而我仍然决心不游黄山，原因要到我的感情深处去找。上一次游黄山时，有小泓在我身边。这孩子是我亲眼看他长大起来的。他性格内向，文静腼腆，我们之间很有些类似之处，因此我就很喜欢他。那一次黄山之游，他紧紧地跟随着我。其他几个同他年龄差不多或者稍大一点的男孩子结成一伙，跳跃爬行，充分发挥了他们浑身用不完的青春活力。小泓却始终跟我在一起，爬到艰险处，用手扶我一下。他对黄山那些取名稀奇古怪的名胜记得惊人的清楚；我说错了，他就给我更正。在走向北海去的路上，有很长一段路，我们“前不见古人，后不见来者”，在原始大森林里，只有我们两人。林中静悄悄的，听自己说话的声音特别响亮。此情此景，终生难忘。回到温泉以后，有一天晚上，我和小泓坐在深谷边上的石栏杆上。这里人来人往，并不安静。然而由于灯光不太亮，看人只像一个个的影子，气氛因此显得幽静而神秘。“巫山秋夜萤火飞”，现在还正在夏天，也许因为山中清凉，我们头顶上已有萤火虫在飞翔，熠熠地闪着光，有时候伸手就可以抓到一只。深涧中水声潺潺，远处半山上流出了微弱的灯光。我仿佛是已经进入一个童话世界。此情此景，更是终生难忘了。

可是现在怎样了呢？现在只剩下我一个人，坐在稻香楼中。不管从别人口里听到的黄山景色是多么奇丽，多么动人，我仍然是游兴索然：我身边缺少一个小泓。直下三千尺的瀑布能代替小泓吗？不，不能。红似火的杜鹃花能代替小泓吗？不，不能。此时此刻，对我来说，小泓是无法代替的。我不愿意孤身一人，在黄山山中，瀑布声里，杜鹃花下，去吞寂寞的果实。这就是我不再游黄山的原因。

我同小泓游黄山时的一些情景，在当时，是异常平淡的，甚至连觉得平淡这种感觉都没有。然而，时隔数年，情况大变。现在我才知道，那样平淡的情景，在我一生中，也许仅仅只有一次。时过境迁，人们绝不可能再回到过去去；过去的时光也绝不会再重现人们眼前。人的一生，不管寿限多么长，大概都是如此的吧。

我这种感觉，古往今来，除了麻木不仁的人以外，大概人人都有，写入诗文的也不少。我自知它并不新鲜，可是我现在仍要把它写下来，其中也并没有什么深奥的意义，不过如雪泥鸿爪，让它在自己回忆里留点痕迹而已。同时我也想借此提醒自己，眼前的每一分每一秒，不管是多么平淡无奇的每一分每一秒，都要珍惜，不要轻易放过。当然，珍惜绝不能把时光挽留住，这是不可能的。我的意思只是，要有意识地、认真地、严肃地度过每一分每一秒，将来回忆时不至于像竹篮子打水一场空，要让大事小事都在自己的记忆里打下深刻的烙印，如此而已。

今天上午，由于一个偶然的机会，参观了几年前经过合肥时就想去参观的包公祠。对于这位铁面无私的包公，我一向是非常景仰的。但是，我这一次参观的收获却不在包公和包公祠本身，而在大殿前院子里摆的那几盆杜鹃花。我不是听人说，黄山现在正是杜鹃花盛开的时候吗？在我内心深处，我不是非常渴望看一看黄山的杜鹃花吗？既然不想再去黄山，那渴望也就愈加激烈起来。我无论如何也没有想到，“踏破铁鞋无觅处，得来全不费工夫”，几盆——不知是否是从黄山移植来的——杜鹃花，赫然怒放在我的眼前。它平息了我心里的那一股渴望，我仿佛在心灵中畅游了一次黄山。

今天下午，由于一个更加偶然的机会，我搬出了自己住的房间，无处可去，就来到湖边上我经常散步的地方，坐在石凳子上，把时间打发过去，好等晚上到车站去上车。“难得浮生半日闲”，我近来常有这样的感叹。不意这半日间竟于无意中得之，岂不快哉！我被迫坐在这幽静的湖边上，抬头看白鹭和画眉在树林中穿飞；耳中听到画眉嘹亮的鸣声；低头看到白鹭在湖上飞翔捕鱼；再低头就可以看到大大小小的蚂蚁在草丛中爬来爬去，匆匆忙忙地交头接耳，好像在张罗什么事情。偶尔一回头看，绿草丛中，红红地一闪，我拨开草叶，一颗颗草莓就出现在我眼前。我吃过草莓，但是像在《茵梦湖》中那样寻找野生草莓，我却没有干过。现在又于无意中得之，我只好再说一遍“岂不快哉！”了。在兴奋之余，我拿出信纸，开始写这一篇文章，树木和竹子的影子在信纸上摇曳不定，我顾而乐之，心头漾起了从来没有过的新鲜又喜悦的感情。这地方，我今天早晨来过一趟，意思是同这里的湖水、树木、翠竹、红花告别。焉知今天下午竟又会来到这里，一坐就是几个小时。人世变幻，真难逆测啊！

从我上面写的这些东西来看，我的思绪是非常杂乱的。但是，不管多么杂乱，小泓的面影总在我眼前晃动。这个孩子在那遥远的异域的一个城市里已经生活将近两年了，不知道他现在怎样了。像他这样年龄的孩子，看前途如花似锦，不像我们老人这样容易怀念过去的事。我觉得，这现象是正常的。我们老年人应该时时提醒自己，无论如何不能成为年轻人前进路上的绊脚石、拦路虎，而应该为他们铺路搭桥，不管是否是自己的孩子，都应该一视同仁。于必要时，我们应该让他们踏在我们身上大跨步向前走去。我们的希望在于将来，我们的希望在孩子身上，这是丝毫无可怀疑的。不管出于什么原因，感情上的原因，事实上的原因，都不能改变我们的做法。

可是，我自己确实没有想到，在经历了那么多的悲欢离合之后，我的感情还这样脆弱，我还这样多愁善感。记得宋朝一个词人有两句词：“悲欢离合总无情，一任阶前点滴到天明。”我离这个境界还远得很哩，再继续努力修养吧！

别了，稻香楼！有朝一日，我还希望看到你。

1983年5月10日写于合肥稻香楼

1985年1月13日抄于北京燕园